光文社文庫

長編推理小説

小倉・関門海峡殺人事件

梓　林太郎

KOBUNSHA

目次

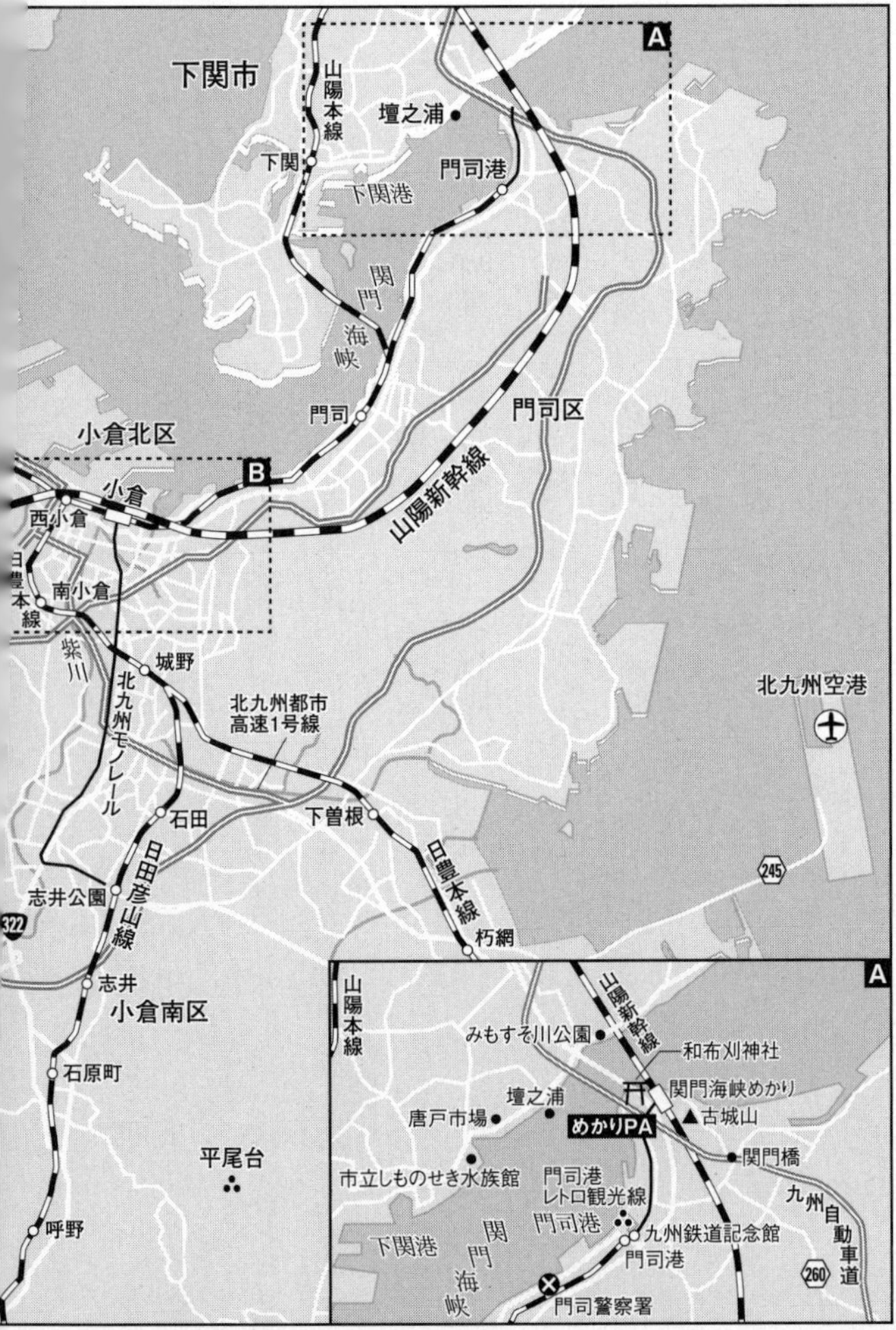
下関市
山陽本線
壇之浦
下関
門司港
下関港
関門海峡
門司
門司区
小倉北区
B
小倉
西小倉
山陽新幹線
日豊本線
南小倉
紫川
城野
北九州モノレール
北九州都市高速1号線
北九州空港
石田
下曽根
日田彦山線
日豊本線
245
志井公園
322
朽網
志井
小倉南区
石原町
平尾台
呼野
A
山陽本線
山陽新幹線
みもすそ川公園
和布刈神社
関門海峡めかり
壇之浦
唐戸市場
めかりPA
古城山
関門橋
市立しものせき水族館
門司港レトロ観光線
九州自動車道
門司港
九州鉄道記念館
下関港
関門海峡
門司港
260
門司警察署

小倉・門司周辺図
B
鹿児島本線
小倉記念病院
小倉
西小倉
小倉城
勝山橋
小倉北警察署
中の橋
松本清張記念館
平和通
砂津川
富野
山陽新幹線
小倉北区役所
旦過市場
新小倉病院
中島橋
旦過
紫川橋
北九州都市高速4号線
日豊本線
豊後橋
紫川
足立
香春口三萩野
貴船橋
小倉競輪場
南小倉
篠崎北IC
戸畑区
日本製鉄八幡製鉄所
若松
九州工大前
若松区
福北ゆたか線
藤ノ木
戸畑
二島
奥洞海
本城
枝光
陣原
黒崎
八幡
遠賀川
折尾
鹿児島本線
熊西
西黒崎
福北ゆたか線
水巻
筑豊電鉄
遠賀川
北九州都市高速4号線
八幡東区
東水巻
北九州市
中間
九州自動車道
山陽新幹線
福智山

小倉・関門海峡殺人事件

第一章　北穂高岳直下

1

長野県警松本《まつもと》署の通信指令係は、北穂高岳《きたほたかだけ》山頂直下にいるという男性登山者から、緊急を要する電話を受けた。

「女の人が一人、血を流して岩場に倒れています」

通報した人は息を切らしていた。

「怪我《けが》をしているのでしょうが、その人は動けそうですか」

係官はきいた。

「動きません。呼び掛けても返事をしませんが、息はしています」

「分かりました。救助隊を向かわせますが、怪我人のザックを開けてください。着る物が入っていたら、それを掛けてあげてください」

係官はすぐに、山岳救助隊の伏見《ふしみ》に電話した。

北《きた》アルプス南部の山岳救助隊は隣接の安曇野《あづみの》署に基地を置いているが、事故発生に備えて、一班が上高地《かみこうち》に駐屯していることになっている。

伏見は、松本署の係官に、「ただいま横尾《よこお》にいるので、ただちに現場へ向かう」と答え、山荘前の梓川《あずさがわ》で食器などを洗っていた隊員を呼び集めた。

彼は、ノートに［九月二日、午後一時十分、北穂高山頂直下付近に怪我人（女性）がいるという急報が入る］と書きつけた。

隊員は六名。全員が一斉にザックを背負い上げて、川音の鳴る横尾大橋《おおはし》を渡った。涸沢《からさわ》小屋《ごや》まで二時間。なんとか明るいうちに着けそうだと判断した。

怪我人はヘリコプターで搬送されることになるだろうが、それの手配は松本署がやることになっている。

隊員は一度も休まず氷河地形の典型を見せている涸沢に着いた。中央部のモレーンと呼ばれている丘ではナナカマドが色づきはじめていた。かつて伏見は、涸沢の紅葉は日本一だと地元新聞に投稿したことがあり、九月末の新聞に涸沢の燃えるような紅葉風景の写真が掲載された。

予定どおり四時間あまりで北穂直下の岩場に到着した。十数人の男の登山者が、怪我人を見守っていた。白い帽子をかぶった女性の怪我人のからだにはセーターや赤い雨用のコートなどがのっていた。だが怪我人は息をしていなかった。最初に怪我人を発見して、通報した三人パーティーのリーダーが、怪我人は二時間ぐらい前に事切れたようだったといって唇を震わせた。

遭難者のザックと着衣のポケットをさぐって身元が判明した。

「門島《かどしま》由紀恵《ゆきえ》・三十五歳　住所・北九州《きたきゅうしゅう》市小倉北《こくらきた》区《く》中島《なかしま》」

健康保険証と北九州市内の歯科医院の診察券がザックに入っていたのである。

遺体となった遭難者は夕暮れ近い空へヘリコプターで吊り上げられ、松本警察署へ搬送された。

伏見らの救助隊は、落石による事故として、遭難現場付近の岩片《いし》を入念に検《しら》べた。人頭《じんとう》大《だい》のものや拳大のものに目を近づけた。

秋の陽《ひ》は一瞬、燃え上がるように赤い光を放って穂高連峰の稜線《りょうせん》を越えて消えた。

救助隊員は北穂高小屋に泊まり、翌朝、遭難者が倒れていた現場付近で、岩場に散らばっている無数の岩片を検べることにした。遭難者を直撃したと思われる岩片をさがすのである。

百人が収容できる山小屋へ入ると伏見は、遭難者が怪我を負った瞬間か、その直後を目撃した人はいないかと、宿泊者全員にきいた。

すると二階の部屋にいた二人が手を挙げた。伏見はその二人の顔に見憶《おぼ》えがあった。二言三言話して二人の職業が分かった。漫才コンビの道端家《みちばたや》ねびえところんだった。二人は三十代半ば。何度かテレビで観たことのある顔だった。

ねびえところんは、北穂高山頂へもう一息といった急坂地点で休んでいた。涸沢カールに点々と散っている色とりどりのテントを眺めながら水を飲み、手足を伸ばしていた。単独行の登山者が登ってくるのが小さく見えた。まるで蟻《あり》の動きを見ているようだった。その人は白い帽子をかぶっていた。五、六歩登っては息をととのえているように見えた。ねびえところんはその登山者を眺めて、『かなり疲れているようだな』といい、『女性じゃないか』といった。

そこへ体格のいい男の登山者が、二人の近くをすり抜けるように早足で下っていった。が、その男は、ゆっくりと登ってくる白い帽子の登山者と会話しているのか、立ちどまっているように見えた。それはほんの三、四分で、男はまた足早に下っていき、姿が見えなくなった。白い帽子の人は休んでいるらしく、足を伸ばして動かなかった。

ねびえところんは、白い帽子の人を少し気にかけたが、山頂めがけて這《は》って登った。

夕食の席で、単独行の女性が登りの途中で落石を頭に受けて死亡したことを、山小屋の人からきいた。

「お二人は、白い帽子の人が登ってくるのを、どのくらいのあいだ見ていたんですか」

伏見がきいた。

「十分か十五分ぐらいやったと思います」

ねびえが関西弁で答えた。

「お二人が休んでいるところを、下っていった人がいましたね」

「はい。体格のいい男でした」

「その男は、白い帽子の人に話し掛けていたんですね」

「話し掛けていたかどうかは分かりません。登ってくる白い帽子の人のところで立ちどまっていたのだけはたしかです」

伏見は、参考になったと礼をいってから、二人はときどき登山をしているのかときいた。

「ぼくらは、山小屋で知り合ったんです。それが縁で大阪で何度か会ううち、コンビを組まないかいう話になって、ぼくが所属している事務所に話を持ち掛けました」

ねびえは現在三十八歳、ころんは三十六歳。三年ほど前からテレビに出られるようになり、

「なんとか食えてます」

ねびえところんは、同時ににこりとしてビールを飲んだ。

翌朝、救助隊は、門島由紀恵が倒れていた地点を入念に検べて、毛髪と皮膚片らしいものが付着していた石を拾って、松本署に届けた。

松本署はヘリが搬送してきた遺体をきのうのうちに検視して、解剖検査のために信州《しんしゅう》大学医学部の解剖室へ移していた。

遺体には不審な点があった。落石を頭に受けたのが致命傷となったようだが、胸部にも石の衝突を受けたと思われる損傷が認められた。救助隊が入念に診《み》たところ、頭に落石を受けて俯《うつぶ》せに倒れたさいに打った傷とは思えない強い力が加わったという所見があったからだ。

伏見たちの救助隊が持ってきた石の一つは、人頭大より少し小さかった。それには毛髪が二本と微量の皮膚片が付着していたし、血痕のなかに赤と黒の微細な繊維がからみついていた。頭部に衝突した石にまちがいなかった。松本署では、山岳警備部署員以外に刑事課の課長と係長を呼んで、遭難者の損傷を詳《くわ》しく検討した。その説明会議には刑事の道原《みちはら》伝吉《でんきち》も同席した。

門島由紀恵の死因には疑問があることから、念のために捜査を道原が委ねられた。

彼女が持っていたスマートフォンには十五人の電話番号が登録されていた。道原はそのなかの［綾乃《あやの》］という人の番号へ掛け、由紀恵という人を知っているかと尋《たず》ねた。

「由紀恵は、母です」

と、少女のぶっきら棒な答えが返ってきた。

「お母さんは、お留守ですか」

「母は山へ行っています。九月五日か六日に帰ってくることになっています」

道原は綾乃の歳《とし》をきいた。十三歳だと、警官の質問にはっきりした声で答えた。

「あなたのご家族は……」

「いません」

母と娘だけの家庭ということか。

「私は、松本市の松本警察署の者です。こちらへきていただきたいのですが、長野県の松本市が分かりますか」

「どうやって行くのか分かりません」

「どなたか相談できる人はいませんか」

きょうは平日だ。午前十一時なのに綾乃は電話に応じている。道原は不審を抱いたので自宅にいるのかときいた。すると、頭が痛くて吐き気がするので、学校を休んだと答えた。

相談できる人は、ともう一度きいた。

「学校の先生には……。あのう、お母さんは、どうしたんですか」

綾乃の声は不安げになった。

「山で怪我をして、病院へ入院しました」

「わたし、電話します」

「お母さんの怪我は重いので、電話には出られません」

道原は綾乃に、学校の先生に話して、こちらへ電話をもらいたいといって番号を教えた。彼女は番号を書き取ったようだった。

三十分ほどすると北九州市の中学校から松本署に電話があった。

「私は、一年二組の担任の古賀《こが》と申します。門島綾乃から電話があって、お母さんが山で怪我をして入院したので、松本へきてもらいたいといわれたということですが……」

男の先生は若そうだった。

電話には道原が出て、そのとおりだといった。

「綾乃のお母さんの怪我は、重いのですか」

「重傷です」

道原はいった。彼は遭難者の家族への連絡を何度もしているが、死亡したとはいわず、重傷だと伝えている。

古賀は、あした、綾乃と一緒に行くといい、なにかききたそうだったが、

「お世話になりますが、よろしくお願いいたします」

といって電話を切った。

道原が受けた電話を、刑事課長の三船《みふね》と、吉村夕輔《よしむらゆうすけ》巡査と、「シマコ」と呼ばれている河原崎志摩子《かわらざきしまこ》巡査がきいていた。

「古賀先生は、気付いたでしょうか」

道原は、取り囲んでいる三人の顔にきいた。

「伝《でん》さんの口数が少なかったから、気付いたかもな」

課長が仏頂面《ぶっちょうづら》をして、自分の席へもどった。

「ひとり親家庭なんですね」

シマコが窓を向いていった。

「中学一年生の娘をおいて、山へ登った。普通の登山だったんでしょうか」

吉村がシマコの横顔を見ながらいった。

「普通の登山って……」

「山が好きで、山登りを楽しむためっていうのが、普通の登山」

「普通の登山じゃなかったとしたら……」

シマコは小首をかしげた。

「山小屋に用事があるか、山小屋か山頂でだれかに会うためとか」

「山小屋に用事か」

シマコは、腕にとまった蚊でも叩き潰すように音をさせると、からだをくるりと回転させて刑事課《デカベヤ》を出ていった。

2

松本署は、上高地のバスターミナルに設置されている函《はこ》の登山届を回収した。

入山する人はすべて登山届を投函《とうかん》する定めになっているが、これに記入して山に入る人は実際の登山者数の三分の一程度とみられている。万が一、事故が起きるか、行方不明になったような場合、登山届に記入されている行程や登山ルートを参考にして捜索ができるので、入山者はかならずこれを提出しておくようにと関係機関は呼び掛けている。

松本署は、一週間分の登山届を署に持ち帰り、登山計画どおりに下山し、帰宅しているかを電話で照会した。

回収したなかに門島由紀恵の登山届があった。

[九月一日、上高地着。上高地アルペンホテル泊。二日、横尾山荘泊。三日、北穂高小屋泊。四日、上高地アルペンホテル泊。五日、十三時十五分松本発—福岡行の便で帰宅」

彼女は、帰りの航空機の便まで記入していた。

署員は手分けして約五十組、七十二人の登山届を確認した。そのうち十三組はまだ山中にとどまっていたが、電話が通じ、異常なしであることが分かった。

九月四日の午後、門島綾乃が松本署に着いた。彼女は白と黒のチェックの半袖シャツを着て、ブルーのジーパン。髪は長めで、それを後ろにまとめている。十三歳だが、背は高いほうだろうと思われた。手足は細くて、顔色は蒼《あお》い。

彼女の両脇には、五十歳ぐらいの教頭の田川《たがわ》と、三十代前半の担任の古賀がついていた。

三船課長と道原が、三人を会議室へ招いた。

「ご遠方からご苦労さまでした。どのような交通機関で」

課長がきくと田川が、福岡空港から松本空港へ飛んで、タクシーでやってきたと答えた。

三人は曇った顔をして、門島由紀恵の容態はどうなのかというふうに、課長と道原の顔を見比べるようにした。

「重傷を負っていましたが、残念なことに一昨日の午後、山中でお亡くなりになりました」

「おととい……」

田川は唇を嚙《か》んだ。

古賀は首《こうべ》を垂れたが、すぐに横にすわっている綾乃の肩を抱いた。

綾乃はなにが起きたのか分からないといっているように口を開け、道原の目を見つめた。

道原は一瞬、目を閉じたが見開くと、

「綾乃さん」

と呼んだ。

綾乃は小さい声で、「はい」と答えた。

道原は口のなかで、「しっかりしててね」といった。少女の顔を見ると声を出せなかった。

「門島さんは、霊安室ですが、お会いになりますか」

課長は、田川と古賀にきいた。

田川と古賀は顔を見合わせた。二人の目はどうするかを語り合っていた。

古賀は縞《しま》のハンカチを取り出すと目にあてた。

「これから、お母さんに会うけど、いいか、いいか」

古賀は、綾乃の肩を抱きながら、自分にいいきかすようにいった。

綾乃はおとなたちの動揺の表情を感じ取ってか、怯《おび》えるような顔をした。

三人を霊安室へ案内することにした。道原の後ろに吉村とシマコがつづいた。

吉村が遺体に一礼して顔の白布《はくふ》をそっとめくった。

田川はどきりとしたように肩を動かしたが、合掌《がっしょう》して頭を下げた。

古賀は綾乃をベッドの脇へ押し出して、後ろから彼女の両肩をつかんだ。

綾乃は、「お母さん」と、かすれ声で呼んだ。頭に包帯を巻かれた母親の顔をじっと見て、またかすかな声で母を二度つづけて呼んだ。彼女を後ろで支えている古賀は、震えながら音のするような涙を床に落とした。

会議室へもどった。シマコが、田川と古賀と綾乃の前へお茶を置いた。が、三人とも手をつけなかった。

道原が、由紀恵の係累《けいるい》を知っているか、と古賀に尋ねた。

「知りません。由紀恵さんから何年も前に離婚なさったとききましたが、綾乃さんのお父さんについては、なにもきいていません」

道原は綾乃のうるんでいる目を見ながら、知り合いか、母親が親しくしていた人を知っているかときいた。

綾乃は瞳を回転させるように動かしたが、布製のバッグからスマホを取り出すと、細い指で画面を何度かタップした。その画面を古賀に見せた。古賀は首でうなずいた。

古賀はスマホの画面を道原に向けた。[入江工業《いりえこうぎょう》]とあった。由紀恵が勤めていた会社だった。

「私が説明します」

田川がいって、入江工業へ電話した。小規模の会社らしく、「門島由紀恵さんのことが分かる方」といっただけで、彼女を知っているらしい人が応じた。田川が二言三言いうとべつの人に代わったようだった。

「門島さんは、山で事故に遭って……」

田川は声を詰まらせたが、由紀恵が亡くなったことを小さい声で伝えた。

相手は驚いているらしく、田川はしばらくのあいだ黙っていたが、何度かうなずき、スマホを耳にあてたまま頭を下げて、電話を切った。
四、五分後、田川の電話が鳴った。二、三分話すと、また頭を下げて会話を終えた。
「入江工業の社長さんが、あしたこっちへきてくださいます。社長さんは綾乃さんを知っているそうで、どんなふうかって心配なさっていました」

田川は濡れた目を綾乃に向けた。

入江工業の社長は、由紀恵を松本で茶毘《だび》に付したほうがいいのではないかといったがどうするかと、田川は道原にきいた。

「分かりました。手配をします」

道原は吉村に目で合図した。

吉村は椅子を立つと、綾乃の表情をうかがうような目をしてから、一礼して部屋を出ていった。

「あした、入江工業の社長さんがこっちへきてくれるけど、そのほかに、お母さんが親しくしていた人を知っていますか」

田川が綾乃にきいた。

綾乃はまたスマホの画面に指を触れていたが、［こしい］という番号の人を知っていると答えた。

由紀恵のスマホにも［越井《こしい》］という名と番号が登録されていて、綾乃が指差している番号と同じだった。

越井という人の番号に道原が掛けた。

「はあい」

明るい女性の声が応えた。

「こちらは、長野県の松本警察署です」

「警察……」

「門島由紀恵さんをご存じですね」

「はい。子どものころからの友人で娘も同級生です」

道原は、由紀恵が登山中に事故に遭ったことを伝えた。

「事故。……怪我をされたんですね」

「じつは……」

「えっ。まさか」

「ご不幸に遭いました。それで、学校の先生方と一緒に、綾乃さんにこちらへきてもらっています」

越井という女性は、衣《きぬ》を裂くような声を出した。

「綾乃ちゃんは、綾乃ちゃんは、どうしていますか」

「ここにいます」

道原はスマホを綾乃に渡した。

綾乃は、「はい、はい」とうなずいていたが、頰に涙を伝わせた。

古賀が電話を代わり、あす、由紀恵は松本で荼毘に付されることを伝えた。道原の耳に女性の悲鳴がきこえた。

「越井晴美《はるみ》さんはあした、こちらへおいでになるそうです」

古賀が赤い目をしていった。

吉村が会議室へもどってきた。彼は立ったまま、あすの午後一時に門島由紀恵の火葬をはじめられることになった、と伏し目になって全員に報告した。


道原たちは鑑識課へ呼ばれた。白布の上に伏見たちの救助隊が山中で拾ってきた灰色のラグビーボールのような格好の石がのっていた。それの重さは二・六キロと書いた紙が貼ってある。

鑑識課長の大木《おおき》がコピー用紙をぴらぴらさせて道原たちの前へやってきた。

「この石がホトケの頭を直撃したのはまちがいないことが分かった。石に付着している毛髪と皮膚片が被害者のものと一致した。そして石の両側、つまり尖《とが》った部分に黒と赤の細くて短い繊維が付着していた。それは被害者のものではない。たぶん何者かがこの石を両手で持ち上げて、被害者の頭に殴打を加えた。それから胸にも殴打を受けた痕跡がある。加害者は先に胸を殴打して倒してから、頭に一撃をくらわせたとも考えられる。黒と赤の細い繊維は、加害者がはめていた手袋のものにちがいない。したがって被害者は落石を受けたのではなく、加害者の手によって殺されたものと断定した」

吉村とシマコは、大木のいったことをメモした。

松本署には帳場《ちょうば》(捜査本部)が立った。日が暮れてから三船刑事課長と大木鑑識課長が記者発表を行った。

シマコが、北九州からやってきた三人が泊まる宿の手配をして、車に乗せてホテルへ連れていった。車窓からライトを受けている松本城《まつもとじょう》がちらりと見えた。

「きれいな街ですね」

助手席の田川が、運転しているシマコにいった。

「初めておいでになったんですか」

「初めてです。こんなことでここへくるなんて……」

田川は車窓につぶやいた。

入江工業社長の入江と越井晴美が松本署に着いた。六十歳ぐらいの入江社長は紺のスーツだったが、晴美は黒いワンピースを着て黒いバッグを持っていた。

「子どもを連れてこようかどうしようかと迷いましたけど、置いてきました」

彼女は白いハンカチを鼻にあてた。

「遠方から、ご苦労さまです」

道原が二人にいったところへ、田川と古賀にはさまれて綾乃が会議室へ入ってきた。

椅子にすわっていた晴美は、音をさせて立ち上がると綾乃に駆け寄った。二人の教師への挨拶も忘れ、綾乃を抱き寄せた。綾乃は晴美にしがみつき、腰に腕をまわし、顔を押しつけて声を上げげた。それまできかせたことのない大声を出して取り乱した。入江社長は白いハンカチをにぎった。シマコが壁を向いた。こみ上げてくるものをこらえているらしく、肩が上下した。

3

斎場では綾乃を二人の教師と社長と晴美が囲むようにしていた。晴美は始終、綾乃の髪を撫《な》で、白いハンカチを鼻にあてていた。

道原と吉村とシマコは、少しはなれた位置から綾乃を見ていた。見送りの人数が少ないと故人が寂しいだろうという配慮から、地域課と交通課の若い警官を六人集めた。彼らは外へ出て、屋根から立ち昇る薄い煙を見上げていた。彼らの足もとでは白とピンクのコスモスが、微風に揺れていて、ナナカマドの葉と実は色づきはじめていた。道原は、安曇野《のこ》署に勤務していたころも、何度か山での遭難者の火葬に立ち合ったが、幼い娘一人を遺して逝った女性を見送るのは初めてだった。

門島由紀恵は白い箱に納まった。越井晴美がそれを抱いた。

全員がいったん署にもどった。

道原が晴美に質問した。

「由紀恵さんは、離婚なさったということですが、それはいつごろでしょうか」

「綾乃ちゃんが七歳のときということでした」

「原因をおききになりましたか」

「詳しいことは知りませんが、綾乃ちゃんのお父さんは調理師さんだったそうです。わたしは二、三度会ったことがありますが、口数の少ない、ちょっと暗い感じの人でした。由紀恵さんがいうには、勤め先をたびたび変える人ということでした。なにが気に入らないのか、勤め先でちょっとでも嫌なことがあると、辞めてしまうといっていました。そのことで夫婦はしょっちゅういい合いをするようになったともいっていました」

綾乃が七歳のときというと六年前で、由紀恵は二十九歳。

「由紀恵さんには、お付合いしている男性はいたようですか」

「さあ、どうでしょうか。由紀恵さんは背は高いし、器量よしでしたから、彼女に近づこうとした男性は何人もいたような気がします。交際を申し込まれたこともあったでしょうけど、彼女はそれを簡単に受けるような人ではありませんでした。服装は地味でしたし、目立つような物を身に付けてもいませんでした」

道原は、入江社長のほうを向いて、由紀恵の勤務態度をきいた。

入江工業は船舶用機械の部品製造をしていて、従業員は六十人といってから、

「門島さんは、男の社員にまじって、製品の検査をする部署にいました。入社してちょうど十年……」

と社長はいってから、なにかを思い出そうとしてか天井を仰いだ。けさは髭《ひげ》を剃《そ》る時間がなかったのか、口のまわりに不精髭が薄く伸びている。

「彼女が面接にきたときのことを思い出しました。……幼い子どもがいるといったので、毎日、決まった時間まで勤められるかとききましたら、子どもは母が見てくれているので大丈夫だといいました。それから、毎年、二回は登山をしている。登山に出掛けるときは前もって許可をとるが、何日間か休むことになるので、それを承知してもらえるかときいてきました。私は山のことに詳しくないので、どこへ登るのかをききましたら、たしか長

野県や山梨県の山だと答えたと思います。年に二回ぐらいならいいだろうと、私はいったような気がします」

道原はまた晴美のほうを向いた。

「由紀恵さんには、登山仲間がいたでしょうね」

「いたでしょうけど、わたしは知りません」

由紀恵は毎年、九月、十月と年に二回、会社を休んで山行《さんこう》をしていた。

今回も二週間ほど前に会社へ休暇願いを出し、四、五日前に晴美の家へ、北アルプスへ登ることを告げに訪れた。綾乃には五、六日間不在になることをいいふくめてあるといった。彼女が不在のあいだ晴美は夕方、綾乃のようすをのぞきに行くことにしていた。

九月三日に綾乃が体調不良で学校を休んでいたことは夜まで知らなかった。が、

「由紀恵さんには、お母さんがいるということでしたが……」

道原は晴美にきいた。

「お母さんは、亡くなりました。九年前でした。脳の病気で、入院して三、四日後に……」

晴美は口をハンカチでおさえた。

道原たちは松本空港で、福岡行きの便に乗る綾乃たちを見送った。由紀恵は紺色の風呂

敷に包《くる》まれて晴美の胸に抱かれた。綾乃は田川と古賀と社長にはさまれて、道原たちを向いて頭を下げた。その目を見た道原は、胸が熱くなり、拳を固くにぎった。

署にもどると、九月一日に北穂高小屋に宿泊した三十九人の身元確認をした。そのなかに門島由紀恵を殺害した犯人がいる可能性があると考えられたからだ。山小屋の宿泊名簿に記入されている電話番号に数回掛け直したあと通じた人もいたが、三十九人全員に電話が通じた。そのなかに九州の人は一人もいなかった。もっとも多いのは東京都。次いで神奈川県、埼玉県からきた人たちで、女性は十一人いた。

道原たちが注目しているのは単独行の男性登山者だ。三十九人のなかに単独行の男性は三人いた。そのうち二人の住所は東京都内、一人は埼玉県だった。

漫才コンビの道端家ねびえところんの話によると、登りの途中で二人が休んでいると、その脇を滑るように下っていった体格のいい単独行の男がいた。その男は、登ってくる白い帽子の人と会話でもするように三、四分のあいだ立ちどまっているように見えた。あとで分かったことだが白い帽子の人は門島由紀恵だったのである。

体格のいい男は登ってくる由紀恵と接触した。その男は彼女と会話したのではない。ラグビーボールのかたちに似た石を拾い上げて、彼女の頭と胸を殴打して逃げ下ったのである。頭と胸を殴打された彼女は意識を失ってからもしばらく息をしていた。が、登ってきた複数の登山者に看取《みと》られて死亡した。

道原たちは、ねびえところんが見ていた男をさがすことにした。その男が、由紀恵殺しの犯人にちがいないからだ。

漫才コンビのスケジュールを所属事務所に問い合わせると、あしたの昼は東京・赤坂《あかさか》のテレビ局にいることが分かった。二人にはあらためて山ですれちがった男のことをきくことにした。

4

道原は吉村を連れて、朝の特急電車で東京へ向かった。

二人は新聞を読んだ。左の車窓に八ヶ岳《やつがたけ》が映ったが、吉村は広げた新聞を顔にかぶって眠りはじめた。道原は、甲府《こうふ》をすぎたところで目を瞑《つむ》った。

久しぶりに東京へきてみると、建物が大きく見えた。それに車の数が多い。

「都会の道路に塵《ちり》がひとつも落ちていないのは、日本だけだそうです」

吉村がいった。道原はうなずいた。

料亭や飲食店が並んでいるあたりを抜けた。以前は黒板塀《くろいたべい》が連なっていた界隈《かいわい》だ。テレビ局へのアプローチ道路にもきれいな店が立ち並んでいた。

テレビ局の巨大なビルに入った。右手の椅子には大勢が腰掛けていた。若い女性が多い。

受付で、漫才コンビがきているはずだが、どこにいるかを尋ねた。女性の受付係は電話を掛けた。

五、六分すると、ねびえが小走りに近づいてきた。北穂の登りですれちがった男のことをもう一度ききたいと道原がいうと、ねびえは目を丸くして、楽屋へ案内した。

楽屋にはころんがあぐらをかいて、弁当を食べていた。彼はあわてて、部屋の隅《すみ》へ寄った。

「北穂山頂へはもう一息といったところへ、単独行の男が下ってきた。その男の顔を見ましたか」

道原が、ねびえと、壁ぎわへ寄って口を動かしているころんにきいた。

「顔立ちまでは憶えていませんが、背は高くて、がっしりとした体格をしていました」

ねびえが答えると、ころんが、

「髭を伸ばしていました」

といった。

「どんな髭」

道原がきいた。

「何日も剃っていないような髭です。口の周りから顎《あご》まで黒く見えました」

「何歳ぐらいでしたか」

「四十代半ばぐらいに見えましたが」

「身長の見当は」

「一八〇センチか、もう少し高かったかもしれません」

道原はその男の服装を憶えているかをきいた。ねびえところんは顔を見合わせていたが、背負っていたザックは赤で、紺か黒の丸首の長袖シャツを着ていたようだったと二人は答えた。

「直《じか》に会えば分かりますか」

「どうだろう」

二人は同時に首をかしげた。自信がないといっているようにも受け取れた。

「あ、思い出した」

ころんの目が輝いた。

「その男はザックに、虎の縫《ぬ》いぐるみを付けていました」

縫いぐるみの大きさは十センチぐらいだったと思う、ところんは答えた。

「それは、虎にまちがいないですか」

吉村が念を押した。

「まちがいありません。虎です。黄色に黒い縞の虎です」

ころんは、それだけは鮮明に憶えていると答えた。

道原と吉村は、二人の話をメモすると、礼をいった。

二人の刑事は、一階の玄関で漫才コンビに見送られた。電車で羽田《はねだ》空港へ行き、北九州行きの便をとろうとしたら、署から、「待った」の連絡が入った。

門島由紀恵の夫だった男の住所が判明したという。つまり現住所は公簿に載っていなかったが、男の知人への問い合わせで住所が分かったという。

その男は竹川実《たけかわみのる》で三十七歳。住所は東京都北区田端新町《たばたしんまち》。地図を見ると山手線《やまのてせん》の田端駅が近いことが分かった。由紀恵は離婚後、旧姓にもどしていたようだ。

道原と吉村は、田端駅を降りると何本もの鉄道線路をまたいだ。山手線、京浜東北《けいひんとうほく》線、宇都宮《うつのみや》線が通っていた。広い通路を渡ると病院があり、その裏側が竹川の住むマンションだった。

レンガ色のそのマンションは五階建てで壁のところどころが変色していてかなり古そうに見えた。二階の窓辺には取り込むのを忘れたような、白い洗濯物がひらひらしていた。

一階のメールボックスには「竹川」の名札がなく、どの部屋に住んでいるのか分からなかった。

二、三歳の子どもの手を引いて出てきた女性に、竹川という人が住んでいるはずだがときくと、「五階に大家さんが住んでいますので、きいてください」といわれた。

大家は［桑田《くわた》］という太字の表札を出していた。インターホンのボタンを押すと女性が応じて、すぐにドアが開いた。六十歳ぐらいの主婦が、「どうぞ」といった。道原たちは玄関のたたきに入ってドアを閉めた。

竹川実は三階に住んでいた。家族がいるのかときくと、

「竹川さんは、五年前に入居しました。独身ということでしたけど、一年ばかり経《た》ったころから、女の人が一緒に住むようになりました。女性の名は知りません」

主婦は廊下にしゃがんで答えた。

「一緒に住んでいる女性は、何歳ぐらいですか」

道原がきいた。

「三十歳ぐらいです。水商売の人のようで、夕方、華やかな服装をして部屋を出ていきます。きれい好きらしくて、部屋の前を掃《は》いたり、ドアを拭《ふ》いたりしているのを見たことがあります。わたしは日に一度は、見まわりをしていますので、そのとき、竹川さんと住んでいる女性を何度か見掛けました。竹川さんはむっつりしていて、笑ったことなどないような顔をしていますけど、女性は愛想がよくて、にこっと挨拶します」

「竹川さんの職業か勤め先をご存じですか」

「入居のとき、調理師さんだとききました。お勤め先は……」

彼女はなにかを思い出したらしく、奥へ引っ込んだ。四、五分経つとキャンパスノートを持って出てきた。竹川は駒込《こまごめ》の［駒《こま》どり］という店に勤めているといった。それはマン

ションへ入居するさいの勤め先であって、現在もそこに勤めているかは不明である。

竹川は乗用車を持っていて、マンションの隣接の駐車場へとめている。通勤には車を使っていないので、きょうもとめてあるはずだと主婦はいった。どの車かときくと、主婦は車の名称を知らないので、駐車場へ案内するといってつっかけを履いた。

道原と吉村は主婦と一緒にエレベーターで降りて、駐車場の出入口に立った。乗用車が五台とまっていた。主婦はいちばん奥にとめてあるオフホワイトの車を指差した。その車にはHのエンブレムが付いていて新しかった。吉村が車を撮影した。

「奥さんは、最近、竹川さんにお会いになりましたか」

道原は鉄のポールに取り付けられている防犯カメラを見ながらきいた。

「四、五日前にここで、車を洗っている竹川さんを見ました。おはようございますって、わたしがいったら、ちょこんと頭を下げました」

「朝だったんですね」

「ええ、十時ごろでした」

それは何日だったかを正確に知りたかった。

主婦は指を折っていたが、九月二日だと答えた。まちがいないかと念を押すと、新しくマンションへ入居した人を駐車場へ案内したときだったので、その日も時刻もまちがいないと答えた。

九月二日は、北穂高岳直下で門島由紀恵が被害に遭った日である。午前十時というと、横尾山荘を出た由紀恵が涸沢に着いたころではないか。

駒込の駒どりというのは料亭だった。割り竹の垣根越しに庭木が枝を広げていた。ヒノキの門は最近造り替えたのか木の香が匂っているようだった。くぐり戸を入るとそこに若い女性が箒《ほうき》を持って立っていた。道原が、「こちらに、竹川実さんという方が勤めていますか」ときくと、

「竹川さんは、二年ぐらい前に辞めました」

といって、箒を頭を丸く刈ったドウダンツツジに寄りかけた。

道原が身分証を見せると二十代半ばの彼女は、

「女将《おかみ》さんを呼びます」

といって、格子戸《こうしど》の玄関へ走っていった。

女将は四十代半ば。やや肉づきのいい色白だ。

「竹川は、二年前のちょうどいまごろ、辞めました。腕のたしかな板前でしたけど、気が短くてね、使いづらい人でした」

「なにがあって辞めたんですか」

道原は、薄化粧の女将にきいた。

使いづらい人だといったので、竹川の人柄をきいたのだ。

「わたしの母の代から勤めていた板長が病気になりました。臨時の板前にきてもらっているうちに、長く勤められそうな人を雇うつもりで募集したら、九州から出てきたっていう竹川が面接にきたんです。ちょっと若いなって思いましたけど、働いてもらうことにしました。……料理のうまさは抜群で、常連さんからもほめられていました。ですけれど、気分にムラがあって、なにかをきいてもろくに返事をしないことがありました。……男の見習いが二人いましたが、竹川は調理を教えるんじゃなくて、怒鳴ったり叱ったりするんです。怒鳴られるのが嫌で辞めていった子もいました。……見かねていたわたしが、ある日、若い者にはもっと優しく仕事を教えてやらなくちゃあって、注意しました。竹川にはそれが気に入らなかったらしくて、辞めたいって電話をよこしました。わたしも腹が立ったので、そうかいって、いってやりました。惜しい男でしたけどね」

竹川が駒どりを辞めて十日ほど経ったある日、銀座《ぎんざ》の［磯好《いそよし》］という料理屋の主人が電話をよこした。板前を募集したら、駒どりにいたという男が面接にきた。調理の腕はたしかと見たが、辞めた理由はなにかと主人がきいた。

女将は、ちょっと気が短いだけといって詳しくは話さなかった。

「いまも磯好さんに勤めているんじゃないでしょうか」

女将はそういった。が、竹川になにがあったのかとまばたきした。

道原は、事件を話そうか黙っていようかを迷ったが、

「竹川さんの奥さんだった人が、事件に遭ったんです。それで、なんらかの関係があるのではと考えたものですから」

「結婚していたことがあったんですね。わたしには、ずっと独りだったといっていました。子どもはいなかったんでしょうか」

「娘が一人。いま十三歳です」

「奥さんだった人は、どんな事件に……」

女将は厚い胸に手をあてた。

「北アルプス登山中に、殺されました」

「えっ、その事件、テレビで観ました。その女性が、竹川の……」

彼女は、胸にあてていた手を頰に移した。

「気の毒です」

「では、女の子は、独りになってしまったんですね。身内の方はいるのでしょうか」

北九州の知人が松本へきて、その人に手を引かれていったと話した。道原の瞳に、空港で見送った綾乃の姿が大写しになった。

「竹川は、奥さんだった人が事件に遭ったことを、知っているでしょうか」

女将は寒気でも覚えたのか、足をすり合わせた。

知らないかもしれない。由紀恵の事件を知ったとしたら娘の身の上を案じて、松本署に連絡するか駆けつけたのではないか。それとも、事件を知ったが、一緒に住んでいる女性の手前、知らないふりをして、平常どおりの暮らしをしているのだろうか。

道原は、竹川実に会ってみたくなった。由紀恵の事件には直接関係はないだろうが、どんな男なのかを知っておきたかった。

道原と吉村は、女将に礼をいって頭を下げた。庭の掃除をしている女性が、くぐり戸を開けてくれた。

5

道原は、銀座を歩くのは久しぶりだった。吉村はきょろきょろと道路の両側の店へ首を振っている。背の高い細い足の女性が二人の前を歩いていた。和服を着た女性もいる。いまはバーやクラブで働く人の出勤時間なのだ。有名ブランドの靴店の角を曲がって並木通《なみきどお》りへ入った。ここにも着飾った女性が何人も歩いていた。

磯好という料理屋はすぐに分かった。店の前には水が打たれて、入口の戸が少し開いていた。

店のなかへ一歩入ると、「いらっしゃいませ」と女性の声が掛かった。通路は薄暗いが奥にはあかあかと灯《あか》りが点《つ》いて、白い帽子の男たちが動いていた。

通路を小走りに出てきた若い女性に、主人に会いたいのだが、と告げると、彼女は急に目を丸くした。道原たちを客だとばかり思っていたにちがいない。

白髪頭の顔の大きい男が出てきた。主人だった。七十に手の届いていそうな歳格好だ。

竹川実が勤めていると思うが、と道原がいうと主人は、袖を引くようにして衝立《ついたて》で仕切られた椅子席にすわらせた。

「竹川は辞めました」

「いつですか」

道原はノートを手にしてきいた。

「きのうです」

「きのう……」

「きのうの昼すぎに、自宅にいる私に電話をよこして、『お世話になりましたが、辞めさせてください』っていったんです。前の日までいつものように勤めていたのに。……どうしてだと私がききましたら、『ちょっと理由《わけ》がありまして』と、小さい声でいって、私が突っ込んでその理由をきこうとしたら、電話を切ってしまいました。急に辞められたら、店が困るのが分かっているはずです」

「前の日になにか変わったことがありましたか」

「なかったと思います。いえ、なにもありませんでした。いつもと同じで、道具をきちんと片付けて帰りました。……刑事さんがおいでになったということは、竹川になにかあったんですね」

道原は、ノートをつかんだまま腕組みした。

「北九州に住んでいたときに結婚していた女性が、不幸な目に遭いました」

「結婚していたことがあったんですか。竹川は、いまはある女性と一緒に住んでいるが、それまではずっと独身だったといっていました。顔立ちがいいから、女性にはモテたと思います。……子どもはいなかったんですね」

「女の子が一人いました。いま十三歳です」

「十三歳。竹川が二十四、五歳のころの子ですね。結婚していた女性が、不幸な目とは……」

主人は目を見開いた。

「北アルプス登山中に、殺されました」

「殺された……」

主人は口を開けた。新聞やテレビニュースでその事件を観なかったようだ。

「その人が事件に遭ったのは、いつですか」

主人はどんぐりまなこをしてきいた。

「九月二日です」

「竹川は、その事件を知ったでしょうか」

「知ったでしょうね。テレビニュースは被害者の名前を報じていましたから」

「別れた奥さんの事件と、急に店を辞めたこととは……」

主人は下を向いてつぶやいたが、なにかを思い付いたらしく顔を上げ、

「彼女は、知っているのかな」

といった。

彼女とはだれか、と道原はきいた。

「一緒に暮らしている女性です」

「ご主人は、その人をご存じなんですね」

半年ぐらい前のことだった。主人は店に出るために歩いていたら、出勤途中の竹川に出会った。竹川は長身の女性と並んでいた。女性は主人に丁寧に頭を下げた。彼女は磯好と同じ並木通りのクラブに勤めているといった。

「三十近いと思いますが、きれいな人です。一か月ぐらい前にも、道で会いました。遠くからでも目立つ女性です」

その女性が勤めている店を知っているかときくと、「クラブ・フエアース」という店だといい、彼女の名はナツコだといった。

クラブ・フエアースは、バーやクラブが何店も入っているビルの地階にあった。木製の厚いドアを開けると音楽が小さく鳴り、話し声がきこえた。すでに客が入っているらしい。吉村は道原の背中へ隠れるようにまわった。

黒服に黒の蝶ネクタイの色白の男が出てきた。

「ナツコさんはきていますか」

道原が身分証を出してきくと、彼女はいま更衣中だがと男はいって、奥へ引っ込んだ。

三分もするとナツコが出てきた。白いロングドレスを着ている。身長は一六〇センチぐらいだろうか、踵《かかと》の高い白い靴を履いていた。磯好の主人がいったとおり鼻筋の細い美人だった。

「店の外で」

と彼女はいってドアの外へ出ると壁ぎわに寄った。フルネームをきくと内山《うちやま》夏子だと答えた。

「竹川さんは、きのう、磯好を辞めたそうですが、知っていますか」

道原がきくと、彼女は、知っているというふうに首を動かした。

「磯好を辞めた理由を知っていますか」

「知りません。辞めるといっただけで、外へ出ていってしまいました。前の日はなにか考えごとをしているようでしたので、どうしたのかってわたしがききました。彼はただ首を横に振っただけで、なにも話してくれませんでした」

「きのうはマンションへ帰ってきましたか」

「帰ってきていました。いつものようにわたしに、『お帰り』といいました」

「あなたは、昼間もお仕事をしていますか」

「勤めていましたけど、夜の仕事がキツいので、辞めて、いまは夜だけです」

「きょうの竹川さんは……」

「午前十時ごろ、なんにもいわずに出掛けました。お店を辞めたし、なにか考えごとをしているようなので、わたしは心配で……」

「そういうことが以前もありましたか」

「なかったと思います。……あのう、竹川のことをなにかお調べなんですか」

彼女は胸で手を合わせ、眉を寄せてきいた。

「竹川さんは、北九州の出身のようですが、郷里のことをあなたに話したことがありますか」

「あります。子どものころ、辛《つら》い思いをしたことを、何度か話しました」

太った男が二人、フエアースのドアを開けて入っていった。

「あのう、お客さんがお見えになりましたので……」

彼女は店のほうを気にした。

何時まで勤めているのかを道原がきくと、午後十一時までだと答えた。そのあと会えるかときくと、「大丈夫です」といった。店がはねてから会う約束をすると、彼女は頭を下げ、逃げるように店のドアのなかへ消えた。

道原たちはふたたび、田端新町の竹川実の住居であるマンションへいった。外から三階の竹川の部屋を見上げたが、窓に灯りは点いていなかった。

駐車場を見にいった。竹川の車がとめてあったところは空いていた。三階の部屋のインターホンを鳴らしてみたが、応える者はいなかった。

竹川が急に磯好を辞めたことや、その理由をナツコに話さず外出していることは、由紀恵の事件と無関係ではなさそうな気がする。

道原は、越井晴美に電話した。綾乃がどうしているかをきいた。

「きのうもきょうも、わたしのところにいますけど、入江工業の社長さんが、綾乃ちゃんをあずかってもいいといっています。入江さんのお宅には、お孫さんが三人いるんです。十五歳のお姉さんが一番上で、その下は十二歳と十歳の坊やです。その三人と一緒に綾乃ちゃんを学校へ通わせてやりたいと、社長さんはいっています」

「お嫁さんが大変じゃないでしょうか」

「お嫁さんは、一人ぐらい増えても平気っていっているそうです」

綾乃の件以外にはいまのところ変わったことはないようだ。

道原は竹川のことには一言も触れずに電話を切った。

田端駅近くの食堂で、吉村と向かい合って丼物を食べた。これからまだひと仕事あるので、酒は飲まないことにして、銀座へ引き返した。歩いている人の数がめっきり減っていた。

ナツコは酒を飲む客の相手をしているが、目の裡《うち》には刑事の姿が映っているにちがいない。

「フエアースという店は高級そうでしたね。ああいう店の飲み代って、いくらぐらいでしょうね」

吉村は自販機で買ったコーヒーを口にかたむけた。

第二章　松本清張記念館

1

　ナツコは、午後十一時二十分にフエアースが入っているビルを出てきた。

「きょうはお客さんが少なかったので……」

と彼女はいって、ハンカチを鼻にあてた。灰色の地に紫の縞の通ったワンピースを着て、黒い靴を履いていた。

「近くに、遅くまでやっている店がありますので」

　彼女はそういうと、細くて暗い路地を入った。その路地は西五番街通《にしごばんがいどお》りへつき抜けていた。

　彼女が、ガラスのはまった格子戸を開けた。

「あら、珍しい」

丸顔の女性がカウンターのなかからいった。客はいなかった。店のなかにはおでんの匂いがただよっている。

道原と吉村がナツコをはさんで丸い椅子に腰掛けた。

「お酒を少しいただきますが、よろしいでしょうか」

ナツコがきいた。宵《よい》の口に会ったときよりも彼女の口調はやわらかになっていた。

三人はビールで乾杯した。ナツコはクラブでは飲んでいなかったのか、ビールを一気に飲み干した。つまみを出した女将は、ナツコの顔色を見るような表情をしてから、薄茶色の胴の丸いボトルを彼女の前へ置いた。それは鹿児島の焼酎だ。彼女はここへくるたびにそれを飲むらしい。

夕方会ったときナツコは、竹川実は子どものころ辛い思いをしたと、彼女に話したことがあったといった。

「竹川さんには、どんな過去が……」

道原は薄く染めたナツコの髪を見ながらきいた。

ナツコの前には肉厚の透明のグラスが置かれている。彼女はそのグラスに自分で焼酎を注いだ。

「竹川は、小倉の紫川《むらさきがわ》の川岸の家に住んでいたそうです。四つか五つのとき戸畑《とばた》の鉄工所に勤めていたらしい父親が、家へ帰ってこなくなったそうです」

母親は家の近くの旦過市場《たんがいちば》の煮豆屋の店員として勤めていたが、帰宅しなかった父親に会いに、鉄工所へいった。だが、父親は出勤しておらず、連絡もないことが分かった。

「お父さんは、五日経っても六日経っても帰宅しないし、鉄工所へも出勤しなかったそうです。お母さんは店を休んで、心あたりをさがし歩いたけれど、お父さんの行方《ゆくえ》は分からなかったということです」

ナツコは、おでんのはんぺんを箸《はし》でちぎった。

父親がいなくなって何週間かがすぎた。母親は父親のことを竹川に話さなくなった。行方不明の原因を知らなかったのかどうか、そのことを他人に語らず、警察にも届けなかったらしい。

一人っ子の竹川は幼稚園にもいかず、ほとんど毎日、紫川を眺めてすごしていたのだが、冷たい風の吹く日、夜になっても母親が帰ってこなかった。それで母親が勤めている店へいってみた。店はシャッターを下ろしていた。夜中になっても母親は帰ってこないので、竹川は歩いて三十分ぐらいの母親の妹の家へいった。その家には、竹川と同い歳の女の子と二歳下の男の子がいた。叔母の顔を見ると竹川はべそをかいた。

『どうしたの、こんな夜中に』叔母は竹川を抱き寄せた。

叔母は竹川の父親の失踪を知っていた。その晩は叔母の家でご飯を食べ、風呂に入って眠った。

次の日、叔母と一緒に家に帰った。が、母親はいなかった。その日、夜になっても母親は帰ってこなかった。叔母は置手紙をして竹川を自分の家へ連れ帰った。

竹川は、叔母の家から小学校へ通い、中学を卒業した。叔母は竹川を自分の子と同じように育ててくれた。

叔母は竹川に高校への進学をすすめたが、彼は就職を希望し、叔母の夫の知り合いがやっている小倉の小料理屋へ見習いに入った。

十九か二十歳のとき、父親は女と博多《はかた》に住んでいることを叔母からきかされたが、竹川は会いにいかなかった。

それから二年ばかり後、母親は下関《しものせき》市にいることがわかったと叔母からきいた。母親は下関市内で男と住んでいたが、病気になって入院していると妹である叔母に連絡があったのだった。

『お母さんの病気は重いらしい』叔母はそういったが、竹川は見舞いにいかなかった。叔母は下関の病院へ母親を見舞いにいった。帰ってくると叔母は竹川に会いにきて、『お母さんはだいぶ弱っているし、見舞いにきてくれる人はほかにいないらしい』といった。竹川は母親に会いにいくかを迷ったが、棄《す》てられたのを思い出し、下関へ向かう気にはなれなかった。

叔母が見舞いにいった十日後、母親が病院で死んだことを叔母からの電話できいた。叔母は竹川に、母親を引き取るようにといったが、彼はそれを拒んだ。

『あんたのお母さんなんだよ』と、叔母は涙声でいったが、『おれのお母さんは、叔母さんだけだ』といって、電話を切った。

あとで叔母からきいたことだが、竹川の母親の遺体は叔母夫婦が引き取って、下関で荼毘に付したという。竹川は叔母の家へいっても、母親の位牌《いはい》には線香一本供えなかった

——

「竹川さんは、小倉に住んでいるとき、結婚していましたが、それは知っていますか」

道原は、透明のグラスで焼酎をちびりちびり飲《や》っているナツコにいった。

「知っています。離婚したことも」

「いま十三歳の女の子がいますが」

「十三歳ですか。……女の子が一人いたとはきいています」

「竹川さんは、離婚の原因を話したことがありますか」

「もともと気が合わなかったんだ、とか、たびたびいい合いをするようになって、気の強い彼女のことが嫌いになったといっていました」

「あなたとは、いい争いは」

「着た物を床へ放りっぱなしにしておくので、それをやめてってって、キツくいったことがありますけど、いい争いをしたことはありません」

竹川は登山をするかをきいた。

「登山ですか。きいたことはありませんし、わたしと一緒に住んでからは、山へなどいったことはありません。竹川と登山が、なにか関係があるんですか」

「竹川さんと結婚していたのは、門島由紀恵さんという人です。その人は九月二日に、北アルプス登山中に殺されました」

「殺された……」

ナツコはつぶやくと、持っていたグラスをカウンターに置いた。

「刑事さんは、門島さんという女性が遭った事件に、竹川が関係しているのではとお思いになったんですね」

「竹川さんが急に磯好を辞めたからです。それと、あなたにもなにもいわずに外出している。……竹川さんは、今夜は帰宅しているでしょうか」

道原がいうと、ナツコはバッグから白いスマホを取り出して、竹川に電話を掛けた。

彼女はすぐに電話を耳からはなした。

「電源が切られています」

彼女はそういってスマホをにらんだ。電源が切られているのは初めてだといった。

竹川は帰宅していない。駐車場に車がない。携帯電話の電源が切られている。それと勤め先を急に辞めた。これらはすべて関連がありそうだ。

「竹川さんには、友だちがいましたか」

道原は、熱いおでんのちくわと大根を食べた。

「います。わたしは一人だけ知っています。戸口《とぐち》さんといって、大きい会社に勤めている方です」

「大きい会社といいますと……」

ナツコはバッグからスマホを取り出した。

「千代川製作所《ちよかわせいさくじょ》です。本社は横浜ですが、北九州にも工場があるそうです」

彼女は、戸口典弘《のりひろ》という人の電話番号をスマホに登録していた。

千代川製作所は、エアコンなどの空調設備や冷凍機製造の大手企業だ。

「竹川は戸口さんと駒どりに勤めているときに知り合ったそうです。たしか戸口さんも北九州の出身だと竹川からきいた憶えがあります」

「あなたは戸口さんに会ったことがあるんですね」

「はい。竹川と一緒にゴルフに誘ってくださったこともありますし、赤坂のきれいなお店でお食事をご馳走になったことも」

「あなたも竹川さんも、ゴルフをやるんですね」

「下手《へた》ですけど」

「戸口さん以外に友だちは……」

「きいたことがありません。戸口さん以外にはいないような気がします」

竹川は、休みの日にはなにをしているのかをきいた。

「本を読む、というか、見ています。ずっと前、わたしと知り合って一、二年が経ったころだったと思います。彼が本を読んでいたので、なにを読んでいるのかをきこうとしたら、読んでいた本を隠そうとしたんです。彼が読んでいたのは、月に話し掛けている馬の話、つまり童話でした。それをなぜ隠そうとしたのかをきくと、『子どもが読むものだから』といいました。……彼は中学までしか学校へいかなかったし、大人が読む小説などを読んだことがなかった。それに、自分の家には本は一冊もなかった。父親も母親も、本を読む人ではなかったんです。それで彼は、勉強のつもりで、少年少女向けの歴史の解説書や、冒険小説などを読むようになったといっていました。……彼が押し入れのなかにしまっていた箱を開けて見たことがありますけど、子ども向けの歴史や、天体や、乗り物の本がぎっしり詰まっていました」

「あなたは本を読むほうですか」

「母が時代小説をよく読んでいました。わたしは……」

彼女はバッグから文庫本を取り出した。それは、東北の岬で実際に起きた未解決の殺人事件からヒントを得た推理小説だった。半分ぐらいのところに栞《しおり》がはさんである。

「あなたは、北海道の出身では」

「えっ、分かります……」

「少し訛《なまり》があるので」

「油断していると、出るんですね、訛が」

彼女は笑いながら手で口をふさいだ。

「東京へきて、何年も経つんですか」

「江別《えべつ》市の高校を出て、東京の服飾学院へ通って、卒業すると小さな縫製工場へ就職しました。……わたしはデザイナーになりたかったのですが、その才能はないようです。服飾学院で同級生で仲よしだった二人はデザイナーになって、一人はいまパリに住んでいます」

竹川となぜ結婚しないのかときくと、竹川を観察しているとなんとなく不安定に見える。それで「結婚」を口に出したことがないといい、カウンターへ指で字を書くような手つきをした。

2

道原と吉村は、タクシーで内山ナツコを自宅へ送ると、巣鴨《すがも》駅近くのビジネスホテルに泊まった。

ていましたね」

「ゆうべナツコという女性は、酔い潰れるんじゃないかって思いましたけど、しっかりしていましたね」

道原と吉村は、カフェで朝食のトーストを食べた。

「酒が強いんだ。焼酎を旨《うま》そうに飲んでいたが、あれが好きなんだろうな。タクシーを降りると、彼女は丁寧なおじぎをしていた。行儀のいい女性だった」

昨夜の道原は、タクシーでナツコを自宅へ送った。彼女がマンションへ入るのを見届けると、タクシーを降りて三階の窓を見上げた。窓から灯りは漏れていなかった。部屋に灯りを点けたのはナツコだったにちがいない。竹川は帰宅していなかったと読んだ。

午前九時半をまわったところで、千代川製作所に勤めている戸口典弘という男に道原が電話した。すると、

「先ほど内山ナツコさんから電話がありまして、刑事さんに電話番号を教えてしまったが、よかったでしょうかといわれました」

と戸口はいい、どういう用件かと道原にきいた。

「きのう内山さんに会ったのは、彼女と一緒に暮らしている竹川実さんのことをきくためでした」

「内山さんもそういっていました。竹川さんは、急に銀座の料理屋を辞めたし、自宅に帰ってこないそうです」

「仲よしだったという戸口さんに、なにか相談でも……」

「いいえ。なにも連絡はありません」

道原は、以前竹川と結婚していた女性が、北アルプスで殺害された。そのことと、竹川が勤め先を辞めたことや、帰宅しないことは関係があるのではないかといった。

「北アルプスで殺されたというと、新聞に載っていた北穂高岳直下での事件ですか」

「そうです。被害者は門島由紀恵さんといって、北九州の人でした。彼女は単独で北穂を目ざしていたんです」

「その女性が、竹川さんの元奥さんだったとは……」

戸口は、由紀恵が遭った事件と竹川の行動について結び付けて考えていなかったようだった。

道原は、もしも竹川から連絡があったら、居場所をきいてもらいたいといって電話を切った。

十分ばかりすると戸口が電話をよこした。道原はとっさに、竹川の居場所がわかったのだろうと思った。

「さっきの刑事さんのお電話をきいて、以前、竹川さんが私に話したことを思い出したんです」

戸口はどこで電話を掛けているのか、人声も物音も入っていなかった。

「それは、どんなことでしたか」

「何年も前のことだったといっていましたが、竹川さんが結婚しているあいだに、奥さんのお父さんが亡くなったそうです。それは事件だったようだといっていました」

「事件……」

「詳しいことは知りませんが、どこかから転落したといっていました。大人が転落するような場所ではないということで、警察が調べていたそうです」

「奥さんのお父さんというと、五十代ぐらいだったんじゃないでしょうか」

「そうだったと思います。竹川さんは、そのことを事件だったとみていたようですから、関心を持っていたにちがいありません」

道原はあらためて、竹川について思いついたことがあったら連絡してもらいたいといって電話を切った。


道原は三船課長に電話して、これから北九州へ向かうことを断わった。

「北九州行きは、何便もあるのか」

課長の話しかたはいつもとちがっていたし、話がきき取りづらいので、どうしたのかときいた。

「歯だ、歯。けさ早くから痛み出したので、歯医者へ。いまになって、また痛みはじめた」

北九州行きは日に十六便ある。道原はそれを告げ、「お大事に」といった。課長は口を開けたまま返事をしたようだった。

電話をシマコに代わってもらった。

公簿で門島由紀恵の係累を調べてもらいたいと頼んだ。

シマコは、「すぐにやります」といってから、声を密《ひそ》やかにして、

「歯痛をこらえている課長は、朝からわたしにあたりちらすんですよ。いまになにかが飛んでくるかも」

彼女は頭に手をやっているようだ。


「門島由紀恵の父親は、高い場所から転落したようでしたが、もしかしたら山に登っていたんじゃないでしょうか」

飛行機に乗り込むと吉村がノートを見ながらいった。

道原は、考えられるといって、シートベルトを締めた。

飛行機は雲のなかを飛んだ。約一時間半。雲が切れると瀬戸内海《せとないかい》と複雑な海岸線の周防《すおう》灘《なだ》が青く見えた。人工島の北九州空港へ機首を下げると、白い航跡を引いている船が何度も見えた。上空から眺める門司《もじ》や小倉はビルの林立だ。

レンタカーを調達して、戸畑の入江工業へ向かった。道原は何年も前に一度だけ北九州へきたことがあった。そのときは戸畑の新日鐵《しんにってつ》（現・日本製鉄《にっぽんせいてつ》）八幡製鉄所《やはたせいてつしょ》を訪ねた。巨大な工場内を鉄の匂いを嗅《か》ぎながら歩いたことを憶えている。

入江工業は、鹿児島本線の線路の近くだった。船舶用機械の部品を製造している会社だというが、灰色の建物の工場からはなんの物音もしていなかった。

社長の自宅は工場の隣だと分かった。植木鉢を並べたせまい庭を通って、茶色いドアの横のインターホンを押した。女性の声と同時に犬の声がした。

ドアを開けたのは五十代ぐらいの小柄な女性で、白い小型犬を抱いていた。道原の挨拶に答えた彼女は入江家の家事手伝いの人だった。

「こちらに、門島綾乃さんがいると思いますが」

道原がきいた。

「はい。おりますが、ただいま奥さまが綾乃さんと出かけています。間もなくもどってきますので、どうぞお上がりください」

彼女はそういってスリッパをそろえた。家の奥では子どもの声がしていた。入江社長の孫たちと思われた。

お手伝いが工場へ連絡したらしく、社長がやってきた。社長は、遠方からわざわざと挨拶した。刑事がどういう目的で北九州へやってきたのかの見当はついているはずだった。

道原たちが通された応接間の外が子どもたちの声でにぎやかになった。社長の妻に背中を押されるようにして綾乃が入ってきた。彼女ははにかむような表情をして、「こんにちは」といったが、松本の警察署や斎場を思い出してか、下唇を突き出すと涙をためた。母親を思い出したにちがいない。

息子は入江工業に勤めているのかと道原がきくと、造船大手の川村重工業《かわむらじゆうこうぎよう》に勤務しているという。やがては入江工業の社長になるのだろう。息子の妻は、入江工業の事務所に勤めていて、二番目の息子は銀行員だといった。充実した一家のようだ。

「由紀恵さんのご両親は亡くなっていますね」

道原は入江社長の顔を見ながら切り出した。

「お母さんは病気で入院中に亡くなりました。たしか脳の病気だったときいた憶えがあります。お父さんは……」

社長はいいかけて咳《せき》をした。口を手でふさいでいたが、眉間《みけん》に深い皺を彫ると、

「お父さんは、七年前に妙な亡くなりかたをしたんです」

と、声を落とした。

「妙な、とおっしゃいますと」

「門司のある人が住んでいたマンションの五階だか六階の通路から転落して、頭を打って亡くなったんです」

「通路なら手すりがあるのではありませんか」

「そうです。手すりを乗り越えて……。子どもでもしないようなことです。警察は、事故でなく、だれかに足をすくわれて突き落とされた可能性もあると見ていたようです」

他殺が考えられたが、犯人は挙がっていないという。

「七年前というと、お父さんは五十代だったのでは」

「そうです。五十二か三でした」

「病気で亡くなったという線は……」

「認知症ではとおっしゃるんでしょ」

「病気の人が、奇妙な行動をすることがあるという話をきいたことがあるものですから」

「由紀恵さんのお父さんは、門島孝光《たかみつ》さんという名で、私の息子が勤めている川村重工業の社員でした。船首に使う厚い鉄板を曲げる特殊技術を持っていた人なので、彼の死亡は会社からも惜しまれていました」

「亡くなったのは、夜ですか」

「夜でした。たしか九時ごろだったと思います。その日は宴会があって飲んでいたので、酔ってはいたと思います。でも酒の強い人だったといわれていましたから、マンションの通路から転落するなんてことは考えられません」

「門司のある人のマンションとおっしゃいますと……」

「親しい女性が住んでいるところでした」

「孝光さんは、独り暮らしだったんですか」

「独り暮らしでした。ちょくちょく女性のマンションを訪ねていたようでした。そこの一階に住んでいた人が、どすんという地ひびきの音をきいて外に出たら男の人が倒れていた。それで救急車を呼んだということでした」

「転落して頭を打ったということでしょうが、ほかに外傷はなかったのでしょうか」

「どうだったでしょうか。頭を打ったとしかきいていなかったと思います。お寺でのお葬式には警察の人が何人もきていましたので、転落の原因を疑っていたんでしょうね。……その葬式の日のことを私はいまも憶えています。綾乃ちゃんを抱きしめていた由紀恵さんは、途方に暮れたように孝光さんの写真をじっと見ていました。家内はその由紀恵さんを見て、顔にハンカチをあてつづけていました。……今度は、由紀恵さんが……」

社長は鼻に手をあてた。

「孝光さんと親しくしていた女性は、彼が訪れるのを知っていたでしょうか」

「知っていたようです。でも彼が通路から転落したのは知らなかった。外が騒がしくなったので、部屋から出て孝光さんが転落したのを知ったそうです」

孝光の死が他殺だったとしたら、二代つづけて災難に遭ったことになる。

道原と吉村は、孝光と由紀恵の住所の所轄の門司署へいくことにした。

3

門司署の刑事課を訪ねると柳川《やながわ》という髭の濃い五十代半ばの警部が出てきた。顔の下半分を塗ったように黒い警部は、「ご遠方からご苦労さまです」といって、道原と吉村を小会議室へ招いた。

道原は、門島由紀恵が殺害された状況を詳しく話した。

「登山中に、頭と胸を石で……。高い山なら凶器になる石はいくらでもありますね」

柳川は目を光らせていった。

道原は七年前にここの管内のマンションで起きた事件に触れた。由紀恵の父・門島孝光の転落死である。

「うちでは他殺とにらんでいます」

柳川はそういうと、ファイルから裸の男の写真を三枚抜いて並べた。

「直接の死因はマンションの六階の通路から逆さに落ち、コンクリート床に頭をぶつけたからですが、ここところに……」

といって胸と背中の紫色の斑点を指差した。つまり転落させられる前に何者かと争った痕跡だというのだった。

事件は七月。薄着だったので、争った相手の爪跡が皮膚に刻印のように残ったのだろう。

「遺体検査の結果、他殺の線が濃厚ということで捜査がはじめられました。そうしたらすぐに、下関署から驚くような情報が舞い込んだんです」

柳川は、道原と吉村の反応を見るように目を見開いた。

「驚くような情報……」

道原は柳川の顔をにらみ返した。

「孝光の事件の五年前の二月に、彼の父親の誠治《せいじ》が、海で変死していたんです」

「いまから十二年前、孝光の父親が……」

道原がつぶやいて吉村と顔を見合わせた。

「誠治という人は以前、日吉産業《ひよしさんぎょう》という造船会社に勤めていた技術者でした。何年も前に退職していたが、関門海峡《かんもんかいきょう》で動けなくなった船舶があるが、故障の原因が不明のため知恵を貸してと会社から依頼され、泊まりがけで下関へ出張していたんです。出張二日目の夕方、誠治は一服するといって、機関室を出ていったが、もどってこなかった。そこで一緒に修理にあたっていた人たちが甲板《かんぱん》を見にいったが、誠治の姿がなかった。作業の途中で、無断で帰るはずはないので、過《あやま》って海に落ちたのではないかとみて、警察や海上保安庁に連絡して、夜の海を捜索した。四、五時間捜索して、海中で彼を発見した。死亡していたんです」

「機関室を出ていったのは何時ごろだったんですか」

「午後六時ごろだったそうです。午後七時にはその日の作業を終えることにしていたと、一緒に作業をしていた三人が語っていたんです。誠治はタバコをよく吸う人で、一時間半か二時間仕事をすると、喫煙のために甲板へ出ていっていたそうです」

「二月の夕方……」

道原は、暗い岸辺の灯《ひ》を映している海を思い浮かべた。

当然だが警察は、海から引き揚げた誠治のからだを入念に検べた。すると肩から背中にかけて野球のバットか丸太のような物で殴打されたと思われる損傷があった。その損傷を検《み》た検視官は、加害者がいて、バット状の凶器で後頭部を殴ろうとしたが狙いが逸《そ》れて、肩にあたったことが考えられると所見を述べた。つまり海に転落してから硬い物に衝突した損傷ではないということだ。

警察は他殺の線で捜査をはじめ、一緒に作業をしていた人たちからも事情をきき、誠治の身辺事情を詳しく調べた。だが、加害者は浮上してこないため、その事件も未解決のまま歳月が流れているという。

門島家の人が三代つづけて事件に遭った。同じ家の人が三代にわたって事件に遭っているというのは偶然とは思えない。道原は三件の事件を吉村とともにじっくり考えることにして、柳川に礼をいって門司署をあとにした。

越井晴美を思いついた。彼女は子どものときから由紀恵を知っていて、親しかったといっていた。

越井家はすぐに分かった。由紀恵の住所とは約二百メートルの距離だった。わりに新しい木造の二階屋で、屋根の瓦《かわら》は青色だ。丈の低い鉄製の扉の門があって、白い石に名字が彫ってあった。

玄関へは晴美の娘で門島綾乃とは同級生だという波留《はる》が出てきた。親に躾《しつ》けられているらしく波留は大人びた挨拶をした。

洋間があって、ソファには花柄のカバーが掛かっていた。壁ぎわに厚い板の棚が造り付けられていて、その上には小型の額が三つ並んでいた。近づいてみると額には風景写真が納まっていた。一点は広島県福山《ふくやま》市の鞆《とも》の浦《うら》で、鞆港《ともこう》西側にある常夜灯。夕方の風景らしく柱の上のランプには灯りが入っていた。あとの二点は黒ぐろとした岩に白い帯のように垂れる滝と雪をまだらにかぶった山肌。

「どなたがお撮りになった写真ですか」

「主人です。旅行好きで、年に何度か連休を利用して遠くへ出掛けています」

「ほう、遠方へ」

「今年は、青森県の竜飛崎《たつぴざき》というところへ行きました」

「奥さんもご一緒に」

「結婚した直後に二度ばかり、一緒に旅行をしましたけど、そのあとは主人が独りで。……新聞や雑誌で変わった土地や、美しい風景のことを知ると、じっとしていられなくなって、独りで出掛けていきます」

夫は、日本製鉄八幡製鉄所の社員だという。

波留の上には男の子がいて、学校から帰るとほぼ毎日、柔道の稽古に近くの道場へ通っているのだと、晴美は目を細くして話した。

「由紀恵さんのお骨《こつ》は、一日ここへあずかりましたけど、きのうは、住んでいたお家《うち》へ納めてきました。お家には立派な仏壇がありました。綾乃ちゃんは、入江さんのお宅にいますけど、きのうはわたしが連れにいって、二人でお骨にお線香をあげてきました」

晴美はゆうべ、由紀恵の夢を見たといって、ハンカチで鼻をおさえた。

夢のなかで由紀恵は元気だったかを、道原はきいた。

「はい、とても。どういうわけか、夢のなかの彼女は小学生でした」

「子どものころの由紀恵さんですか」

「由紀恵さんが小学校の低学年のころ、お母さんの順子《じゆんこ》さんは大谷戸《おおやど》という家へお手伝いにいっていました。家計を援《たす》けるためではありません。順子さんは縫い物が得意だったんです。そのことが大谷戸宇三郎《うさぶろう》というヤクザの親分の二号さんに知られたんです。二号さんの家は紫川の川岸のわりに大きな二階屋でした。二号さんは麻琴《まこと》さんという名で、とてもきれいな顔をしていました。順子さんは麻琴さんに頼まれて、着物を縫ったり、布団の手入れにいっていたんです。親分の着物も麻琴さんの着る物も縫っていたようです。……大谷戸家は、小倉の旦那衆の遊び場にもなっていました。遊びというのは花札賭博《とばく》のことです。夜になると仕事を終えた旦那衆が、一人、二人と大谷戸家の門をくぐりました。その家は毎晩、賭場になるわけではなくて、二、三日つづけると一週間ぐらいは開かない。間隔をおいてまた二、三日開くという具合だったそうです。賭場を開く日は、旦那衆のために料理をつくったりお酒を出すので、麻琴さんだけでは手が足りない。そういう日の順子さんは家へ帰ることができませんでした。そのために由紀恵さんは、ランドセルを背負ったまま、大谷戸家へ帰ったんです」

旦那衆が集まると大谷戸家の二階は賭場に化けた。由紀恵は階段を二階へ上がっていく男たちを見て、なにをしているのかに興味を抱いた。そこでそっと階段をのぼり、ふすまの透き間から部屋をのぞいた夜もあった。のぞいているところを宇三郎に見つかり、ひどく叱られたこともあった。叱られたり、頭を一つ叩かれたりもしたが、大人たちが白布を敷いた布団に向かって、目の色を変え、パチンパチンと音をたてて札を叩きつけている姿を、じっとのぞいていた。

ある夜、由紀恵は大谷戸家に泊まった。順子は由紀恵を残して夜中に帰宅することもあったし、泊まっていく日もあった。

次の日の朝である。麻琴は由紀恵が学校へ持っていく弁当をこしらえた。彼女にはこれは楽しいことだったようで、おかずに工夫を凝《こ》らした。

学校でのお昼。由紀恵は麻琴のつくってくれた弁当の箱を恐る恐る開いた。タマゴ焼きや味噌漬けが入っているが、白いご飯の上にはピンクのデンブでハート形が描かれていた。この弁当はクラス中でたちまち評判になった。彼女の母親がこしらえる弁当でないことが大勢に知られた。クラスの児童たちは、由紀恵が弁当を開くのを待っていた。母がこしらえた弁当は平凡でつまらないが、週のうち一度ぐらい由紀恵は華やかな弁当を持参した。担任の先生も児童たちが騒ぎながら由紀恵の弁当をのぞくのを見て、彼女に色どりの凝った弁当のわけをきいた。彼女は正直に、大谷戸家に泊まる日があって、そこから登校することを話した。

先生は、大谷戸家がどういう家なのかを知っていた。ヤクザの親分の家へ泊まる女子児童がいることを職員会議のさいに話した。校長はじめ先生たちは渋い顔をした。それで担任は順子を訪ねた。順子は、由紀恵が大谷戸家へ泊まる理由を話した。

由紀恵は中学を終えるまで、週に一度は大谷戸家に泊まり、翌朝はきれいに飾られた弁当を鞄《かばん》に入れて登校していた。

「警察は、大谷戸家が賭場になるのを知っていたのではないでしょうか」

道原は晴美にきいた。

「知られていたでしょうけど、大目に見ていたのだと思います。警察が押し入ったとか、どなたかが捕まったというような噂をきいたことはありませんでした。……親分の大谷戸宇三郎さんは、たしかわたしたちが高校生のときに、亡くなりました。由紀恵さんは、お母さんの順子さんと一緒に、お葬式のお手伝いにいっていて、お焼香の列のいちばん後ろに並んだという話をきいたことがありました」

由紀恵は高校を卒業すると、北九州の食を支えるところといわれている小倉の旦過市場脇の料理屋へ就職した。が、結婚を機に辞め、出産後しばらくしてから入江工業へ入社した。

「由紀恵さんはずっと前から登山をしていたということですが……」

ハンカチを鼻にあてては話す晴美にきいた。

「お父さんが若いときから山登りをしていて、由紀恵さんが十代のころから連れていっていました。最初はたしか、小倉の南にある平尾台《ひらおだい》へ登ったといっていました。三百から七百メートルぐらいの高さの高原で、学校でも行くことがあります。北九州の大パノラマといわれている福智山《ふくちやま》へも登っています。福智山から帰ってきたとき由紀恵さんは、山腹にきれいな滝がいくつも並んでいたと話してくれたことがあったのを憶えています。……わたしは小学生のとき、遊具から落ちて怪我をしたので、長距離や山径《やまみち》を歩くことができず、由紀恵さんの話をきいているだけでした。……高原や山へお父さんと登っているうちに、自分で登るようになって、遠方の山にも登るようになったんです」

「由紀恵さんの山友だちを、ご存じでしょうか」

「何度か一緒に山へ登ったという人を一人知っています」

それは下関に住んでいる女性で、住所が分かるといって、部屋を出ていった。小さな物音をさせていたが、薄いノートを持ってもどってきた。そのノートには名刺が貼りつけてあった。

稲田静絵《いなだしずえ》といって門司の田野浦館《たのうらかん》という旅館の娘だということが分かった。

晴美は、若いときに静絵に一度だけ会っているといった。

「由紀恵さんからききましたが、稲田さんは姉妹の長女だったので、お婿さんを迎えて、旅館の女将をやっているということでした。わたしはいったことがないので、どんな旅館なのかは知りませんが、由紀恵さんは何度もいっているようでしたので、親しくしていた人だと思います」

道原と吉村は、晴美の話と稲田静絵の住所をノートにメモした。

越井家を出ると風があった。吉村は顔や腕を撫で、肌がねばっこいといった。海に近いので熱を帯びた汐風《しおかぜ》のせいにちがいなかった。

二人が泊まるホテルは小倉駅の海側だった。角部屋の窓のカーテンを開けると、街の灯が遠方までぎっしりと広がっていた。まるで繁華街を見ているようだ。道原は部屋の電灯を消して小倉の夜景に見入った。目が部屋の暗さに慣れてくると、窓の外の建物のかたちが分かるようになった。左手のほうはどうやら紫川の河口らしかった。右手では砂津川《すなつがわ》が海に注いでいた。砂津泊地《はくち》には船が浮いていたが、見ているうちに灯りを消した。真正面の白い建物には文字が浮き出ていて小倉記念病院《こくらきねんびょういん》だと分かった。

右から左へ列車が走っていった。音はまったくきこえない。眼下の道路の光の往来はまるでオモチャを遊ばせているようである。

4

ホテルで目覚めると、窓のカーテンを一杯に開けた。緑の森が目に入った。小倉城《こくらじょう》だと分かった。「唐造り《からづくり》」と呼ばれている城の一角が見えた。その城内には「松本清張《まつもとせいちょう》記念館」があるのを道原は知っていた。

ホテルのレストランで吉村と向かい合って朝食を摂《と》りながら、

「けさは、松本清張記念館を見学しよう」

と、道原がいった。

「ぜひ。私も一度は見学したいと思っていました」

「小倉に、清張記念館があるのを、知ってたんだね」

「何年か前に同僚からきいたんです。その人から『小説家の記念館っていうと、原稿用紙に万年筆と著書と、著名人からの書簡がガラスケースのなかに眠っている程度だが、松本清張記念館の規模と内容は桁はずれにちがっていて驚いた』ときいたことがあったんです」

「そうか、いってみよう。私は以前から、北九州を訪ねる機会があったら、見学したいと思っていたんだ」

二人はコーヒーを飲みながら、仕事を忘れてにこりとした。

記念館の入口は石垣で、茶色の石に「松本清張記念館」と横書きに彫ってあった。この記念館は、清張さんの七回忌にあたる一九九八年六月に竣工《しゅんこう》し、命日の八月四日に開館したのだという。

清張さんが生涯に出版した著作約七百冊のすべてのハードカバーがパネルになっていた。推理小説、時代・歴史小説、現代史、古代史研究と、広範にわたった創作活動が一目瞭然で分かるように造られていた。圧巻は長さ二十メートルあまりの巨大な年表。それから目を惹《ひ》いたのは、東京・杉並区にあった自宅の再現家屋。玄関、書斎、書庫、応接間。なかでも執筆の資料にしたと思われる膨大な書籍は圧巻だった。

書庫の資料の量に比べて執筆をつづけていたというデスクや椅子は、意外なほど簡素だ。地下一階、地上二階建ての館内には企画展示室、映像ホール、情報ライブラリィ、ミュージアムショップもあり、著者の写真や著書などの展示にも工夫が込められていて、博物館にいるような気分がした。

清張さんと交流のあった現代の作家が、松本清張を回想して書いた本を道原は読んだことがあった。Aというその人は作家になる前、清張さんに頼まれて、ある組織や、過去の事件を調べたり、小説のヒントを提供していた。月のうち何度かは杉並区の自宅を訪ねていた。慣れてくると清張さんには横暴な一面があることが分かったという。

清張さんは、夜八時ごろから仕事をはじめ、朝の四時ごろまでを執筆にあてていた。書いているうちにペンがとまることがある。専門的な名称や、社会の組織構造などについて不明な点に突きあたるのだ。それはものを書く者のだれもが経験することなのだが、清張さんはそこを飛ばしたり、いい加減なつくりごとでごまかしたりができない人で、時間をかまわずAに電話を掛けた。その電話はたいてい午前二時。『あんた、眠《ね》てたかね』ときいたという。

それと清張さんには信じられないような一種のクセがあった。Aを自宅に呼びつけるのはたいてい午前十一時だった。約束どおりに訪ねると、二階から下りてきた清張さんは、玄関に立っているAに、『きょうはなんの用かね』と尋ねた。

約束した日時に訪問すると玄関先で、『……なんの用か』と清張さんからいわれた人はAだけではなかったようだ。清張さんが亡くなると、新聞や雑誌はゆかりのあった人から氏についての思い出を特集したが、そのなかに、何日も前に電話で約束した日時に訪問すると、『そんな約束をした憶えはない』と、玄関の上がり口でいわれたというのがあった。

清張さんは約束を忘れてしまうのか、メモを失《な》くしてしまうのか、いずれにしろ、一種のクセを持った方だったようだ。Aはこの清張さんを、『創作に集中するあまり、人とのやりとりが多少粗雑になるのでは』と書いていたし、面白い一文があったのを道原は思い出した。『慣れてくると清張さんは、人使いがあらく、横暴な一面があった。私は相手が高名作家であるのを忘れて、いい返し、いい争いをしたこともあった。そういう日は、冷たい石でも嚙んだ気がして帰宅したものだが、書棚から「鬼畜」を取り出して読み返した。その小説を読むとなぜか苛々《いらいら》が治まり、「この小説を書いた人なのだから」と、とがっていた気がまるくなるのだった』

記念館の壁のあちこちに、清張さんの姿の写真が飾られていた。風格があって絵になる人でもあった。

道原と吉村は話し合って、門司の田野浦館という旅館を訪ねることにした。門島由紀恵と一緒に山に登っていたという稲田静絵に会うのだ。

途中いくつものトンネルをくぐるハイウェイを四十分ほど走った。ＪＲ鹿児島本線は海岸線を通っているがハイウェイは山のなかをくり抜いているのだった。門司の市街地へ入ると、門司港《もじこう》レトロ観光線《かんこうせん》という電車が走っていた。

「門司港駅は、観光名所になっているそうです」

吉村は雑誌に載った写真を見たことがあるといった。

「観光名所っていうと……」

「昔の駅舎をそのまま残してあるようです」

「見学したいな」

「あとにしましょう」

田野浦館は和布刈《めかり》神社の大鳥居の近くだった。木造三階建ての窓は関門海峡を向いていた。玄関のガラス戸を開けて声を掛けると、白髪まじりの頭の女性が出てきた。稲田さんに会いたいというと、

「ただいま出掛けておりますが、間もなくもどってまいります」

といわれた。

道原たちは、和布刈神社を参拝してくることにした。

古城山《こじようさん》を背負った神社は、岬の突端の潮見鼻《しおみはな》に近く、対岸の壇之浦《だんのうら》を向いていた。下関に通じる人道の入口があり、頭の上を関門橋《かんもんきよう》が一直線に渡っていた。

海に突き出た岩に足を掛けて海を眺めた。黒い岩の上に石灯籠がぽつんと立っていた。ここは早鞆ノ瀬戸《はやとものせと》といって、潮の流れが見えるところだった。青い海面を見ていると海峡の中心部あたりが川の流れのように波立っている。そこだけがなにかに逆らって騒いでいるようだ。黒い船腹に赤いラインの船が、日に四回は潮の流れが変わるという中心部を、ものともせずに通過した。この海峡の狭い部分の幅は約七百メートルだという。

二人は海底トンネルを歩いてみることにした。トンネルの直線の道は茶色で、中央に白線が描かれていた。わずかだが下り、そして登っていた。全長七百八十メートルで、片道約十三分。体験地域になっているからか、何人もが歩いていた。

海底トンネルを往復してから、和布刈神社に手を合わせた。鳥居の大きさのわりに社は小柄であった。ほかに参詣者はいなかった。

田野浦館にもどった。女将の稲田静絵は帰宅していて、二人の刑事を洋間へ通した。壁に幅五十センチぐらいの油絵が掛かっていた。絵の下に小さな札が貼ってあり、それには[黒田清輝《くろだせいき》・昼寝]とあった。女が昼寝をしているところに木漏れ日が落ちている。道原が絵に近づくと静絵は、

「この画家は、同じ絵柄をいくつか描いているそうです」

と、静かな口調でいった。四十歳見当の彼女は顔も手もふっくらとした丸顔で、眉を細く長く描いていた。

彼女は、由紀恵が信州の山で事件に遭ったことを知っていた。

「テレビのニュースで観てびっくりしました。それで、小倉の由紀恵さんの家へ電話をしてみましたが、どなたもいらっしゃらないようでした。何日かしたら、小倉へいって、ようすをうかがうつもりでおりました。……娘さんが一人いましたので、どうされているのかも心配で……」

彼女は銀色の指輪をはめた白い手を口にあてた。

「由紀恵さんとは、山へ一緒に登っていた間柄だったそうですね」

道原がいうと、彼女は強くうなずいて、

「彼女は山が好きで、休みの日に日帰り登山もしていたようです。彼女とは遠方の山へ一度いったことがありました」

「どこへ登ったのですか」

「八ヶ岳の赤岳《あかだけ》です。険しい山で、わたしは由紀恵さんに引っ張り上げられたんです」

彼女は山を登る由紀恵を思い出したのか、山頂からの眺めを思い浮かべたのか、視線を宙に置いて目を細めた。

道原は、話を事件に戻すために最近の由紀恵の暮らしぶりを知っていたかときいた。

「同じ北九州に住んでいてもはなれているので、めったに会いませんでした。この二、三年は年に一度会う程度で、会えば両方の子どものことばかり話し合っていました」

静絵には十三歳の男の子と十一歳の女の子がいる。子どもの話になると共通点が多いので、二人とも笑いながら語り合ったものだといった。

「由紀恵さんは、少し気の強いところのある頑張り屋でしたけど、人から恨みをかうような人ではなかったと思います。山で殺されたというのはまちがいで、事故だったんじゃないでしょうか」

「いいえ。事件でした。落石に見せかけた殺人です」

道原がいうと彼女は、「ひゃっ」と小さな声を漏らして両手で顔をおおった。

道原は二、三分黙っていたが、

「由紀恵さんのお父さんとおじいさんは、不審な亡くなりかたをしていますが、それをご存じですか」

と、低い声で尋ねた。

「知っています、六、七年前だったと思いますが、お父さんはこの門司で、マンションから転落したということでした」

「親しくしていた女性が住んでいるマンションの通路から転落したんですが、警察は他殺とみています。……それからおじいさんは、船の修理に下関にいっていて、船から海へ落ちて亡くなったということですが、前後のようすから、それも他殺だとにらまれているんです」

「そうでした。お父さんのときも、おじいさんが亡くなったあとも、由紀恵さんは元気をなくしていたのを憶えています。わたしは亡くなったお二人のことを話題にしたことはありませんけど、由紀恵さんはなにか考え込んでいたようです。……お二人の事件は、解決したのでしょうか」

「未解決で、捜査はつづけられています」

静絵は首をかしげた。組んだ手を膝に置いて、なにかを考えているらしく、しばらく黙っていた。

道原は、由紀恵は竹川実という人と結婚して、綾乃を産んだが離婚した。その経緯《いきさつ》を知っているかと静絵にきいた。

「離婚した直後に会ったんです。由紀恵さんは旦那さんのことをほとんど話さない人でしたけど、『わたしは離婚しました』って急にいわれてびっくりしました。原因は性格の不一致といっただけで、詳しいことは話しませんでした。旦那さんの職業は板前さんといっていました。わたしは旦那さんに会ったことはありません」

東京にいた竹川は、急に勤め先を辞めて住居からいなくなった。由紀恵が事件に遭ったことと、竹川が住居からいなくなったこととは関係があるのかどうかは分かっていない。ひとつ分かっているのは、竹川は小倉の出身ということだ。

風に送られてきたのか船の汽笛らしい音がした。それを合図のように道原と吉村は椅子を立った。

5

門司港駅の前の広い道路をレンタカーで走っていたとき、古びた建物の端がちらりと目に入った。

「駅だ」

観光にきたわけではないが、そこを素通りできなくなった。周りの白っぽいビルに比べて駅舎だけは霧がかかったような灰色をしていた。四角い窓の重厚な造りだ。車を置いて駅舎へ入ってみた。いたるところにガラスの格子戸があった。キップ売り場は白い壁のなかで茶色の額に収まっていた。奥の突きあたりには関門連絡船通路跡があった。その脇に面白いことを書いた額が壁に貼り付けてあった。

「詳細は不明ですが、ここは戦争末期、軍の命令で設置された渡航者の監視所跡です。門司港は、外国航路寄港地の為、関門連絡船の通路は、戦時下の不審者を監視する絶好の場所でした。

監視孔《こう》は反対側にもあり、内部が分かりにくい構造で、横に入り口を塞《ふさ》いだ跡がありま
す」

その横の壁に監視孔という四角い穴が開いていた。のぞいてみた。暗がりにはなにも映っていなかった。

門島孝光が事件に遭ったのは風師《かざし》といって鹿児島本線の列車の往来が見えるところだった。八階建てのマンションで、彼が訪ねようとした六階の通路からは船が行き交う海が見え、緑の巌流島《がんりゅうじま》が眺められた。

通路の手すりの高さは、約一・二メートル。たとえ酒に酔っていたとしても、過って落ちるはずはなかった。よじ登るにも足を掛けるところもない。

彼が訪ねようとしていたのは、六階のいちばん奥の宇佐美久子《うさみひさこ》の部屋。当時彼女は、門司西海岸の船具販売会社に勤めていて三十三歳。離婚歴のある人だった。孝光の事件後、二週間ばかり経って引っ越した。付合っていた人が殺された現場に住んでいることはできなかったようだ。

彼女の現住所は、門司署が把握していた。小倉北区の貴船町《きふねまち》のマンションの二階だ。以前の勤め先は辞めたので、いまはべつのところに勤めているのだろうと想像したが、ドアの横のインターホンのボタンを押すと、女性の低い声が応じた。宇佐美久子だった。

「ちょっとお待ちください」

彼女はそういって三、四分待たせた。

ドアを開けた彼女は茶色の髪をしていた。クリーム色のシャツの襟元を押さえて、「なかへどうぞ」といった。せまいたたきにはつっかけが一足あるだけだった。

「お勤めは夜ですか」

道原は髪の色を見てきいた。

「小さな店を任されて、やっています」

「任されてというと……」

「スナックなんです。友だちがやっていたんですが、からだをこわしたので、しばらく休むことにして、わたしが代わりに」

彼女は四十歳のはずだ。面長で顎が少しとがっている。目は大きくて鼻は高い。化粧映えのする顔だろうと道原は想像した。

「思い出したくないことでしょうが、捜査ですので協力してください」

道原がいうと、彼女は目を伏せてうなずいた。眉間には薄い皺が寄っている。

「門島孝光さんは殺害されたことはまちがいない。警察はいまも捜査をつづけていますが、犯人にたどり着けない。あなたには、犯人がどういう人かの見当が付いていますか」

「分かりません。わたしは何回も警察署へ呼ばれましたし、刑事さんの訪問も受けましたけど、ろくな返事はできませんでした。犯人についての見当なんか、まったく付いていないんです。……刑事さんには、わたしを疑うようなことまでいわれました。孝光さんと別れたくなったので、だれかに頼んで、マンションから落とさせたんじゃないかともいわれました」

久子は横を向くと、唇を噛んだ。

「孝光さんから、だれかに狙われているといったことをきいた憶えは……」

「いいえ。ありません。彼は穏やかな性格の人でした。人から恨まれているようなところもありませんし、人を恨むようなことを口にしたこともありませんでした。警察の方は、孝光さんはだれかに恨まれていたといっていましたけど、わたしは、そんな人ではないって、否定しつづけていました」

彼女は首を振った。忘れかけていたのにまたも悪夢が襲ってきたといっているようだ。

「しかし、孝光さんが不幸な目に遭う五年前に、彼のお父さんが下関の海で亡くなっています。それも事故でなく事件で、警察は捜査していたんです。お父さんは誠治さんという名でしたが、その事件を知っていましたか」

「孝光さんの事件のあと、警察の方からききました」

「二代つづけて事件に遭ったのですから、事件の根は怨恨だと感じたんじゃないですか」

彼女は、分からないというように俯《うつむ》いて首を横に振った。

「長野県の私たちが、九州へなぜ出張してきたのか分かりますか」

「いいえ」

彼女は、二人の刑事の顔をあらためて見て、寒気を覚えたのか身震いした。

「孝光さんの娘さんが、長野県の山で殺されたんです。テレビでも新聞でも……」

「えっ、娘さんが……。何日もニュースを観ていませんので」

彼女はふくらみの薄い胸に手をあてた。

「門島さんは、三代にわたって事件に遭ったんです」

久子は、手を合わせると板の間へしゃがんだ。小さい声でなにかいったので、道原は姿勢を低くしてきき直した。

「孝光さんの娘さんは、結婚して、お子さんがいるときいていました」

道原は、そのとおりだといったが、由紀恵という娘は離婚したとはいわなかった。

しゃがんでいた久子はすっくと立ち上がった。人がちがったような顔を天井に向けて、なにか考えるような表情をした。思い付いたか思い出したことでもあったのではないか。

「わたしがあずかっているのは、［姫《ひめ》ゆり］っていうスナックで、わたしのほかに女のコが二人います。……ゆうべの九時半ごろ、三人連れのお客さんが帰ったすぐあと、色の白い男性が店へ入ってきました」

「独りで……」

「独りでした。わたしが勤めてからは初めて見るお客さんです。生ビールを一杯飲んで、ウイスキーの水割りを一杯飲んで帰りましたけど、わたしとも、ほかの女のコとも話をしませんでした。わたしが話し掛けても、まるで声がきこえなかったように、なにも答えてくれませんでした。その人は、三十分か四十分いて、勘定がいくらともきかずに、カウンターへ二千円置いて、黙って出ていったんです。気味が悪いっていうか、変わったお客さんでした」

「何歳ぐらいの人」

「三十代、いえ、四十歳近くでした。その人が帰ってから二人の女のコと話したんですが、姫ゆりがどんな店か、女のコが何人いるのかをさぐりにきたんじゃないでしょうか」

「男の体格は」

「身長は一六〇ちょっとぐらい。面長で、眉が濃くて、いい顔立ちをしていました」

道原は吉村に顔を振り向けた。目顔で、竹川実ではないかといったのだ。吉村は首を一度動かしてノートにメモをした。

竹川だとしたら、久子が孝光と親しかったのを知り、彼女になにかをきくために店へ入ったのではないか。だが、久子のほかに女性が二人いたので話ができなかった――

「その男は、またやってくると思います。あなたにききたいことがあるんです。話し掛けてください。どこから、なんの目的で小倉へきたのかを話すかもしれません」

「なにも喋らないお客さんは初めてでしたので、女のコたちも、うす気味悪いっていってました」

川村重工業に勤めていた孝光は、特殊技術を身に付けた腕のいい工員だったので、会社から厚遇されていたらしいと入江は語っていたが、はたしてどんな人だったのかを、道原は久子にきいた。

「ひとことでいうと、穏やかな人でした。わたしとは奥さんを亡くしてから知り合いました。だれに対しても同じだったんでしょうが、いろんなことを経験の少ないわたしに、にこにこしながら話してくれていました。お付合いしていて分かったことですけど、奥さんを大事になさっていた方だと思います」

「あなたに、亡くなった奥さんのことを話しましたか」

「いいえ。わたしがきいたことには答えましたけど」

「孝光さんについては、どんな思い出がありますか」

「娘の由紀恵さんと一緒に山に登ったことをよく話してくれました。お酒が好きで、飲みはじめるとすぐに、山で時季はずれの雪に遭ったことや、山径をまちがえて、何時間もかけて引き返したことなんかを、繰り返し話していました。……居酒屋で日本酒を飲みながら食事をして、そのあとはスナックへいきました。酔うと歌をうたいたくなる人だったんです」

孝光はどんな歌をうたったのかをきいた。

「港とか波止場の歌です。けっして上手ではありませんでしたけど、細い声の節まわしに味わいがありました。……たびたび連れていってくれたのは、旦過市場近くの［ハーフムーン］っていう店で、その店の待子《まちこ》さんっていう女性は、『本ものの歌手の歌をきいて泣いたことはないけど、門島さんの歌をきくと涙が出る』っていっていました。……彼を思い出すのは、居酒屋とスナックでのことばかり」

久子は両手で口をふさぐと俯いて、咽《むせ》び声を漏らした。

四、五分経って彼女は気を取り直したように顔を上げた。

「孝光さんから、お父さんの誠治さんのことをきいたことがありましたか」

道原は、片方の目に一滴だけ涙が光っている久子の顔をじっと見て尋ねた。

「お父さんもよくお酒を飲む人だったようです。『中学生のころおやじはおれを食堂へ連れていって、一杯飲むか、ってきいたものだ』といっていました。お父さんは造船会社の技師でしたので、船の機械には通じていて、食事のときも、お酒を飲んでも、船のエンジンの話ばかりをきかされていたそうです。……お父さんは十代のとき、戦争が激しくなったし、小倉や戸畑や博多にもアメリカの飛行機の爆弾が落ちるようになったので、たしか信州へ、お母さんと妹と一緒に引っ越して、そこで何年間かをすごしたらしいという話をしたことがありました。孝光さんは家族と一緒に小倉へもどってから生まれたといっていました」

「誠治さんは信州に住んでいた時期があった……。信州のどこにいたのかをききましたか」

「いいえ、詳しいことは」

久子は首を振った。一時間あまり話を聞いたが、彼女が急に老《ふ》けたように見えはじめた。

第三章　伊那の日々

1

宇佐美久子の住むマンションを出ると、紫川の堤防の上に立った。両岸の建物を映している川は右手側へ流れていた。この川は小倉の中心街を貫いて、小倉駅近くで港に注いでいるはずだ。道原と吉村は堤防を流れに沿って歩くことにした。

貴船橋《きふねばし》、豊後橋《ぶんごばし》をすぎると少し川幅が広くなった。中島橋《なかじまばし》と紫川橋《むらさきがわばし》を越えて中《なか》の橋《はし》に着いたところで小倉城が見えた。河口へはまだいくつもの橋があるらしい。

紫川に注ぎ込む細い川を渡って、旦過市場へ入った。約百八十メートルの長さだというアーケードの商店街には、細い通路をはさんで玄界灘《げんかいなだ》の魚を売る鮮魚店や、小倉名物のぬかみそ炊《だ》きの店や、八百屋、肉屋がぎっしりと並んでいる。両側の店を見て歩いているうちに腹の虫が騒ぎ出した。

吉村は、同じような物を売っている店を見て歩くのに飽きてか、道原よりずっと先の路地の角で待っていた。道原が近づくと、

「道原さんは、こういうところを見て歩くのが好きなんですか」

と、機嫌を損ねているようないいかたをした。

「デパートは好きじゃないが、気さくな雰囲気の横丁の店をのぞいて歩くのは……」

道原がいい終わらぬうちに吉村は歩き出した。

魚町銀天街《うおまちぎんてんがい》で食事をしているあいだに、宇佐美久子と彼女がいったことを思い返した。

「孝光が久子と一緒に飲みにいった店は、この近くじゃないのか」

道原がいうと吉村は、暖簾《のれん》の下に立っていた店員のところへいって話し掛けたが、すぐにもどってきた。

「ハーフムーンというスナックは、五、六軒先のビルの二階だそうです」

「その店へいってみよう。孝光のことを知っている人がいそうな気がする」

食堂の人に店の所在地を知られているのだから、ハーフムーンは古い酒場にちがいない。

繁華街がにぎわう時間にはまだ早いのか、人通りは少なかった。教えられたビルには酒場が何店も入っている。

ハーフムーンのドアは白と黒の市松《いちまつ》模様だった。ドアを開けると反響するように複数の女性の声がした。左手がカウンターで、右手にボックス席と長椅子の席があった。天井で

は懐かしさを誘うミラーボールがまわっている。突当りは書棚になっていて、書籍がぎっしり並んでいた。

ピンクのドレスの女性がボックス席をすすめた。道原が、

「待子さんはいますか」

ときくと、

「はーい。待子です」

カウンターのなかから細面《ほそおもて》の女性が手を挙げた。オレンジ色のドレス姿の待子は、椅子に腰掛けた道原たちに駆け寄っておじぎをした。三十も半ばだろう。痩《や》せぎすで折れそうな腰をしている。

「あなたの名を、ある人にきいたんです」

「ある人……」

彼女は人差し指を頰にあてた。

「宇佐美久子さんです」

「ああ、久子さん。彼女はいま、姫ゆりっていう店のママをやっています」

「さっき久子さんに会ってきました。じつは私たちは……」

道原は、長野県の警察官で、事件捜査に出張してきたのだと話した。

「事件捜査とおっしゃいますと、門島孝光さんの……」

待子はいいながら椅子にすわった。ほかに客はいないからか、二十代と思われる二人の女性は立ったまま刑事の話に耳をかたむけた。

「私たちが調べているのは、孝光さんの娘さんが遭った事件です」

「孝光さんの娘さん……」

待子も若い二人も、門島由紀恵の事件を知らないようだ。彼女らは新聞を読まないしテレビでニュースも観ないのだろう。

「孝光さんの娘さんは、由紀恵さんですが」

待子は由紀恵を知っていた。会ったことがあるのかときくと、日曜日に小倉の商業複合施設である「リバーウォーク北九州」を歩いていて女連れの孝光にばったり会った。『まあ、昼間から若い方と一緒に』と待子が冷やかすと、彼は娘だと紹介した。三人は昼食前だったのでレストランで食事した。由紀恵には女の子が一人いると語っていた。孝光は由紀恵のことを「山仲間」だともいった。

孝光はワインを飲み、カキを食べながら、下関の海で亡くなった父親の思い出話をしたのを憶えている、と待子はいった。

「孝光さんのお父さんというと誠治さんです。誠治さんについてどんなことをいっていたか、憶えていますか」

道原は、若いホステスが運んできたウイスキーの水割りに口をつけた。

「孝光さんのお父さんは戦時中十代でした。小倉は八幡や戸畑と同じようにアメリカに狙われているということから、家族でたしか栃木県へ避難したといっていました」

「長野県でなく、栃木県へ」

「いったん栃木県の日光《にっこう》の近くへいったけど、なにかの都合で、長野県へ移転したそうです。長野県の農村に移ると、そこの食糧事情もよくなくて、草や木や葉や、川に棲《す》む虫まで食べたそうです」

戦争末期には、誠治と同じような体験をした人たちが全国に何十万も何百万もいたようだ、と道原はいった。

「孝光さんのお父さんには、何者かに冬の海へ突き落とされたという疑いが持たれていますが、孝光さんはそういう話をしたことはありませんか」

「孝光さんからお父さんの話をきいたことがありますけど、その前に誠治さんが殺されていた事件は知っていました。孝光さんは、警察の捜査はアテにならんとかいって、お父さんと知り合っていた人の行動を、そっと調べていたようです。それでわたしは、孝光さんは、お父さんを殺した犯人に殺《や》られたんじゃないかって、思ったこともありました」

道原はここでも、門島家の人は三代にわたって災難に遭ったのだと話した。

「三人ともだれかに恨まれていたのでしょうか」

待子は二人の刑事の顔を見比べたが、道原は明確な返事をしなかった。

「孝光さんは、酒を飲むと歌をうたう人だったようですね」

「そう。酔ってくると、鼻歌をうたっていて、そのうちにマイクを向けると、女性歌手が身悶《みもだ》えするようにうたった演歌を、少し低い声で……。この店で孝光さんも常連でしたけど、いつもおいでになっているお客さんは、孝光さんがうたうと、お話をやめてきいていました。わたしは彼がうたうと、洗い物をはじめたものです」

待子はそういうと、手を額にあてた。目ににじんできたものを隠したようだ。

客が入ってきた。四人連れで、一人はすでに酔っているらしく、甲高い声を出していた。和服姿の肥《こ》えた年配の女性が、帯に手をやって近づいてきた。この店のママだった。彼女は道原たちに挨拶すると、四人連れのほうへいった。

道原と吉村は話しながら、夜の街をゆっくり歩いてホテルにもどった。

道原は今夜も部屋のカーテンを開けて、赤や黄の灯が一面にちりばめられた小倉の夜景を眺めた。眺めているうちに吉村が歩きながらつぶやいた言葉を思い出した。『門島誠治と孝光は、少年時代から社会人になるその過程で、人を見下したり、人の出世の前に立ちはだかって、進路を妨害するようなことを、していなかっただろうか』といった。

そういうことがあったかもしれない、と道原はうなずいた。それを知るには、誠治と孝光がどこに住んでいたか、どんなふうな暮らしを送ってきたかを調べる必要があるだろう。

そして由紀恵についても同じことがいえそうだ。

次の朝、朝食をすますと道原は越井晴美に、自宅を訪ねるがよいかと電話した。

「入江社長と話し合いをして、小倉の参献寺《さんこんじ》というお寺で、由紀恵さんの葬儀というか供養をすることにしました」

それがきょうで、午後三時からだという。道原たちはその供養に参列して、晴美に会うことにした。

寺での供養を、由紀恵の元夫の竹川実が知ったとしたら、彼は寺へやってくるのではないだろうか。

勤め先を急に辞め、東京の自宅からいなくなった竹川は、由紀恵が事件に遭ったことを知ったので、小倉へやってきているような気がする。もしかしたら彼には、彼女を殺した犯人の目星がついているのではないか。彼女が殺害されたのを知った瞬間、ピンとくるものがあったのではないか。

竹川が小倉生まれだったのを思いだしたので、小倉北区役所で、門島由紀恵の住民票を閲覧した。変更前の住民票には竹川実が載っていた。同時に竹川の出生地と前住所もつかんだ。そこのすぐ近くの小倉北区神岳《かんたけ》には、実の母の妹一家が住んでいることが分かった。

「竹川は、叔母の家にいるような気がする」

道原がいうと、吉村はすぐそこへいってみようといって、メモを取っていたノートを閉じた。

2

竹川実の叔母の家は小倉競輪場《こくらけいりんじょう》のすぐ近くだった。二階建てと平屋の家がつながっていて二階屋の入口には［水沢金次郎《みずさわきんじろう》］の表札が出ていた。叔母の夫の名である。玄関のガラス戸に声を掛けた。女性の声がしてすぐに戸が開いた。白髪まじりの頭の女性が二人の刑事を見て眉を寄せた。

道原は身分証を見せて名乗ると、

「こちらに実さんはいますか」

ときいた。

「実はきのうここへきて、一晩泊まって、けさは仕事があるといって出ていきました。実にどんな用事でしょうか」

彼女は玄関に立ったまきいた。彼女は実の親の歳格好だが母親ではない。母親は実を棄てて家を出ていき、男と暮らしていたが重い病気で亡くなった。それで母親の妹が親代わりになって育てたということを、道原たちは内山ナツコからきいている。

「実さんにうかがいたいことがあったんです」

道原は彼女の正面に立った。

「長野県の刑事さんだといいましたね。実に会いに信州からわざわざおいでになったんですか」

「そうです。どうしてもうかがわなくてはならないことがあるものですから」

彼女はまばたきをしてから、実にききたいこととは門島由紀恵に関することかといった。

道原はそうだと答えた。

当然だろうが、彼女は由紀恵が事件に遭ったことを知っているのだろう。直子《なおこ》という名の彼女は、どうぞ上がってくださいといって、座敷へ通した。とそこへ、右の腕を胸にあてている坊主頭の男が入ってきた。直子の夫の金次郎だった。

金次郎は、二人の刑事をにらむような目をしてから部屋を出ていった。直子が、

「主人は脳梗塞《のうこうそく》で、満足に話ができませんので」

と、道原たちに謝るようにいった。彼女は座卓をはさんで、静かに腰を下ろした。六十代前半だろうが、顔に疲労が浮き出ている。

「実は、由紀恵さんと別れてから、東京へいきました。板前ですので、料理屋に勤めております」

彼女は実情を知らないようだった。

「実さんは銀座の料理屋にお勤めでしたが、急に辞めると電話して、出勤しなくなったん

です。……あなたは、由紀恵さんが事件に遭われたことをご存じですね」

「はい。事件は実からきいて、びっくりしました」

「由紀恵さんが事件に遭ったことと、実さんが勤め先を急に辞めたこととは、関係があるのではありませんか」

彼女は、実が勤め先を辞めたことは知らなかったといった。彼はきのう、予告なくこの家へきて、由紀恵が登山中に災難に遭ったことを話した。殺されたときいて、腰を抜かすほど驚いた、と彼女は声を震わせた。

「由紀恵さんとのあいだには、女のお子さんがいます」

「綾乃という子で、いま十三歳です」

「綾乃さんには松本で会いました。お母さんを引き取りにおいでになったんです」

「そうでしたか。綾乃はわたしたちの孫も同然ですので、わたしたちがなんとかしてあげなくてはいけないのですが……」

彼女は口を濁した。

実と由紀恵が離婚したあと、由紀恵は竹川家との交流を持たなかったのではないか。そのことを道原がきくと、

「実と由紀恵さんとは、気が合わないことが分かって離婚したようですけど、別れたあと由紀恵さんはここへ一度もきませんでした。わたしは綾乃のことが気になったので、電話

をしました。そうしたら由紀恵さんは、『綾乃はわたしがちゃんと育てるので、心配しないで』っていわれました。勝ち気な人だったので、おとなしいほうの実とは、うまくいかなかったんでしょうね」

直子は俯いていたが、綾乃は身寄りがなくなってしまったのではないかといって顔を上げた。

「綾乃さんは、由紀恵さんが勤めていた会社の社長の家から学校へ通っています」

「そのお宅には、子どもがいないのですか」

「三人います。三人の子どものお母さんは太っ腹で、三人育てるのも四人育てるのも同じといって、綾乃さんを引き取ったそうです」

「まあ」

直子は胸で手を合わせた。

きょうの午後、市内の寺で由紀恵の供養が行われることを、道原は話した。

すると彼女は頰に手をあてて迷っているような考え顔をしたが、お寺へ行くといった。

道原は直子に、ここには孫はいないのかときいた。

「中学と小学生の男の子がいます。わたしの孫です。遊びたい盛りなのに、兄のほうは、学校から帰ってくるとすぐに塾へいきます。学校より塾のほうが楽しいっていっています」

道原は、由紀恵の父と祖父が事件に遭ったことに話を触れてみた。

「憶えています。おじいさんの誠治さんは、下関の海で亡くなって、殺された疑いがあると新聞には載っていました。その事件は、綾乃が生まれた翌年のたしか冬でした」

それから五年後の夏、由紀恵の父親が門司のマンションから転落して死亡した。その事件も他殺と断定された。

由紀恵の父親と祖父が殺害されたことを実は気に病んで、彼女に思いあたることがあるかときいていたようだという。

「孝光さんは、造船会社に勤めていて、優れた技術を持った工員さんだったそうですし、穏やかな人柄といわれていましたが」

「そうでした。ここへときどききてくれて、主人とお酒を飲んで、よく昔の話をしていました。誠治さんからきいていたことでしょうが、戦時中や終戦直後の苦労話を、たびたび話していました」

孝光がどんな話をしたかを憶えているかと道原がきくと、

「同じ話を繰り返していたので、よく憶えています」

と直子はいって、孝光から何度もきいたことを話しはじめた。

――昭和十九年（一九四四）、日本の戦局はいよいよあやうくなり、小倉や戸畑や博多は米軍機の空襲を受けていた。門島誠治の父親は前年兵役にとられ、南方の島で米軍と戦っていた。昭和十八年の冬ごろまでは戦地の父親から母加代《かよ》のもとへ手紙が届いていたが、その後はぴたりと消息が跡絶《とだ》え、生きているのかどうかも分からなかった。

米軍機の小倉周辺への空襲はますます激しくなるということから、母は安全と思われる農村への疎開を考えて、知り合いに話を持ち掛けていた。

十九年の春ごろ、誠治と妹の千鶴《ちづる》は、母とともに栃木県の今市《いまいち》というところへ転居した。その家は草野《くさの》という姓で、主人は病院勤務の医師。一週間に一日しか帰宅しなかった。加代と誠治と千鶴は、その家の元蚕室《さんしつ》だったという離れ屋に住むことになった。何年間か閉めきってあったらしいその家には異臭がこもっていて、入ったとたんに三人は鼻と口をふさいだ。

それまで人が住んでいなかったのでそこには台所がなかった。加代は母屋《おもや》から七輪を借りてご飯を炊いた。誠治と千鶴は、二キロほどはなれた小学校へ入った。誠治のクラスにも千鶴のクラスにも他所《よそ》から疎開してきた児童はいなかった。児童たちは九州からやってきた二人を、『言葉がちがう』といってからかった。児童のほとんどが農家の子であるのを誠治は知った。下校すると農作業の手伝いをしていることも耳に入った。

草野家の主婦は厳しい人だった。水は井戸で汲《く》むが、水をもらうたびに断われと主婦はいった。誠治は井戸の前へ立つと大きい声で、『お水をいただきます』と母屋を向いて叫んだ。

草野家には背の高い娘が二人いた。上の娘はどこかに勤めていて、下の娘は女学校へ通っていた。二人とも誠治たち兄妹とは会話しなかった。誠治と千鶴が井戸の水を飲んでいると、草野家の姉妹は、冷たい目で見ていることがあった。

風呂は薪《まき》でわかしていた。草野家の人たちは風呂を使い終えると火に水を掛けて消した。誠治たちは風呂に入ることができず、加代は二人を近くの川へ連れていってからだを洗った。寒さに震えながら家へ走って帰り三人は抱き合った。

小倉から持ってきた米は底を突いた。加代は主婦に米をゆずって欲しいと頼んだところ、『当家には他人にゆずるほどの米はないので、他所で工面するように』と断わられた。

そこで加代は誠治の同級生の家を訪ねて、米を分けてもらった。

今市に住んで半年ほどが過ぎたある日の夕方、誠治の同級生の母親が二人やってきて、『ここに盗人《ぬすっと》を住まわせておくわけにはいかない』と凄《すご》んだ。誠治と千鶴は知らなかったが、母は畑を掘って芋を盗んだのだった。草野家の主婦は農家の主婦たちの話をきくと、『あしたにもここを出ていってくれ』と冷たい声を浴びせた。

身寄りのない加代は誠治の担任の先生に、転居したいが、知り合いもないので困っていると話した。先生は遠方のほうがいいといって、伝手《つて》を頼って適当な場所をさがしてくれた。それは長野県の座光寺《ざこうじ》という村だった。誠治たち三人は荷物を背負った。今市のほうを一度も振り返らなかった。

座光寺は山裾《やますそ》の高台で、下のほうに天竜川《てんりゅうがわ》が絹糸のように光って見えた。緩い傾斜地に点々と農家が散っていた。

誠治たちが住むことになったのは下条《しもじょう》姓の家で、物置きに使っていた大きい土蔵を貸してくれた。下条家の主人は大陸で戦死していた。

誠治と千鶴はすぐに当時国民学校《こくみんがっこう》といわれていた小学校へ入った。その学校には、東京と横浜と名古屋から疎開してきた児童がいた。

誠治たち三人は、小倉をはなれてきて初めて風呂に入った。母の加代は首まで風呂に浸《つ》かると、『極楽、極楽』といってから声を上げて泣いた。

下条家には犬と猫がいた。庭には鶏が何羽も放し飼いされていた。犬は誠治にすぐになついた。誠治たちが住むようになった土蔵の内部には二階があって、そこには鼠《ねずみ》が棲んでいて、夜になると天井を駆けまわる音がした。誠治は母屋の猫を抱いてきて、土蔵の二階へ追いやった。夜中に猫と鼠の死闘がはじめられ、週に一度ぐらいは猫が鼠をくわえてきて、三人に見せた。三人が見ているところで鼠を食いちぎることもあった。それを見て千鶴は悲鳴を上げた。

鶏は、地面に撒《ま》かれた餌《えさ》をつつき、床下にタマゴを産んだ。下条家の主婦が、『このごろ鶏のタマゴの数が減った』とつぶやいた日があった。誠治は、母が母屋の床下から卵を拾うのを見ていた。母は朝食の味噌汁にタマゴを落としてくれていた。タマゴの殻はそっと手拭いに隠して、土蔵の横を流れる小川に棄てていた。誠治たちが学校へいっているあいだに母は、近くの小川でサワガニをつかまえ、夜はそのカニを塩炒《い》りした。その匂いを猫が嗅いでやってきた。

くる日もくる日も母は食べ物のことばかり頭をめぐらしていたようで、『小倉にいれば、新鮮な魚を食べさせられたのに』といい、ことあるごとに自分の判断がまちがっていたとでもいうように『ごめんね』と繰り返した。小倉へもどろうかと考えたことも一再ではなかったようだ。

小学校の昼食に『ひび』といって、蚕《かいこ》のサナギを出すようになった。ひびが各人に配られた日、千鶴はそれに目を近づけた瞬間、咳をして嘔吐《おうと》した。しかし学校は毎日、児童にひびを配った。千鶴は目を瞑ってそれを食べていた。

昭和二十年の一月の雪が降りつもった日、役場の男の人が母に公報を届けにやってきた。その人は帽子を脱いで頭を下げて帰った。誠治と千鶴は、母と役場の人のようすをじっと見ていた。母は、『ご苦労さまでした』といったと思うが、下げた頭をしばらく上げなかった。

千鶴は母に寄り添った。母は彼女を抱きしめ、背中を波打たせた。それを見て誠治は、一大事が起こったことを察した。母は誠治の肩を抱いて、『二人ともしっかりしていてね』と強い調子でいった。ミカン箱を部屋の隅に伏せ、その上へ公報の薄い紙をのせると、それに向かって手を合わせた。

立ち上がった母はよろけて壁につかまった。外へ出ていった母は、下条家の人を呼んだ。手拭いをかぶった主婦が出てきた。母は主婦に向かって、『主人が、南方の島で戦死しました』と、姿勢を正して告げた。主婦は立ったまま頭の手拭いをとると顔をおおった。千鶴は母の腰に飛びかかってしがみついた。『二人ともしっかりしてね。だれにも負けるんじゃないよ』母はまたいった。

その夜、誠治たち三人は下条家に招ばれ、天ぷらでご飯を馳走になった。この家の主人も戦死していたからか、主婦と加代は深夜まで、たがいの夫の思い出話をし合っていた。


誠治は小学六年生になった。ある日、学校から帰ると下条家には近所の老人や女性が十数人囲炉裏《いろり》を囲んでいた。そのなかに加代も入っていて、白い髭を生やした年寄りの話を俯いてきいていた。

なんの寄り合いかというと、どの家でも塩が底を突いていた。塩がなくなったために、漬け物桶《おけ》の蓋《ふた》を煮て塩けを取ったという人もいた。

その寄り合いのなかに名古屋から妻と子どもを二人連れて身寄りを頼ってきている中里《なかざと》という一家がいた。その一家の主人は五十歳ぐらいの小柄なおじさんだった。囲炉裏端にいる男のなかでは最も若い人だった。なぜ兵役に取られていないのかと誠治は首をかしげていた。

その中里は、『名古屋へいけば塩は手に入る』というようなことをいった。年寄りや女性たちは、それなら名古屋へ塩を買いにいってくれと頼んでいた。

その中里の話では、名古屋は何日かおきに米軍の空襲を被《こうむ》っている。戦場にいるのと同じだ。鉄道が止まっている日もあるから、塩を買ってもすぐには帰ってこられないかもしれない。それに単独ではダメだ。重い塩を背負える人と一緒にいきたい、といった。

名古屋が何日かおきに空襲に遭っていることを誠治も知っていた。夜、寝床に入るころ、ドドン、ドドンと地響きがした。外へ出てみると木曽《きそ》の山向こうの空がオレンジ色に染まっていた。ドドンという音の数秒あと、空の雲が雷光のように光った。千鶴と誠治は肩を並べて音をきき、雲の色を眺めて震えていた。

名古屋からきていたおじさんの中里は、誠治のほうを向くと、『きみは六年生にしてはいい体格をしている。力もありそうだ。おじさんと一緒に名古屋へいってくれないか』といった。驚いた誠治は母に顔を向けた。母は眉を寄せた。目は涙に光っていた。

囲炉裏を囲んでいた年寄りの何人かが、『そうだ、そうだ。門島の坊やがいい』とか、『ちったあ、みんなの役に立ってもらわにゃ』といい、おじさんと一緒に名古屋へ塩買いにいくことが決まってしまった。

出発は三日後。母は、『気をつけていってきて』といわず、誠治の手をにぎって、『ごめんね』と謝った。学校へは事情を話し、休校を届けた。

出発日の朝である。誠治は激しい腹痛を起こした。朝食もとらなかった。母は誠治の顔をひとにらみすると、中里一家が住んでいる家を訪ねて、誠治の症状を詳しく話した。目を瞑ってきいていた中里は、『そうか。ほかをさがす』とだけいった。

3

小倉の参献寺で門島由紀恵の葬儀が簡素に執り行われた。

本堂に集まっているのは綾乃、入江工業社長の入江甲介《こうすけ》とその妻、綾乃が通う小学校教頭の田川、由紀恵の友人の越井晴美と稲田静絵、竹川実の叔母の水沢直子。全員が本堂中央の上段で黒光りしている十一面観音菩薩《ぼさつ》像《ぞう》を見上げていた。

読経がはじまるとまず綾乃が、入江の妻に付き添われて、遺骨と位牌に向かって手を合わせた。だれが結《ゆわ》えたのか綾乃の髪で黒いリボンが揺れている。正座した綾乃の背中が哀れに映ってか、晴美と静絵はハンカチを目にあてた。

道原と吉村も、僧侶の読経をききながら焼香した。

もしかしたらこの葬儀をどこからかきいて、竹川実がやってくるのではないかと、道原たちはしばらく寺の門の脇に立っていたが、その予想ははずれていた。

会葬者は、入江社長が用意した料理屋へいくことになっているといわれたが、道原たちは遠慮した。

けさの新聞には、下関の市場でフグの競《せ》りが行われているという記事が載っていたのを思い出した。

「フグの競りというのは、風変わりなんですね」

吉村がいった。

「袋競りといって、黒い筒状の袋のなかで指をにぎり合って価格を決めているらしい。それを見るのも面白そうだが、フグを食いたいな。下関ではフグといわず、フクと呼んでいるらしい」

「フグ料理は値段が高いんじゃないでしょうか」

「安く食わせる店があったら、入ってみよう」

道原がそういったところへ、思いがけない人から電話があった。

内山ナツコだった。竹川実と一緒に暮らしていて、東京・銀座のクラブ・フエアースに勤めている。

彼女はいま、小倉城近くのホテルにいるといった。道原たちが泊まっているホテルの近くらしい。

彼女と竹川実は連絡が取れたのか。彼女は竹川に呼ばれて小倉へやってきたのだろうか。そうだとしたら刑事に電話はしないのではないか。

道原たちはナツコのいるホテルへいくことにした。吉村が運転する車は紫川に架かる中島橋を渡って小倉城をぐるりとまわった。そのホテルは西小倉《にしこくら》駅の近くで、道原たちが泊まっているホテルよりひとまわり大きかった。

ナツコはロビーのソファから立ち上がった。グリーン系のスーツを着て、ペイズリー柄のストールを手にしていた。化粧のせいなのか目のまわりがほんのりと赤い。ソファには茶革のバッグが置かれている。道原たちが近づくと、彼女は咽《むせ》るような咳をした。

「竹川さんから連絡があったんですね」

道原がきくと、彼女は眉に変化を見せて首を横に振った。

「竹川は、小倉にきているにちがいないと思ったものですから、出てきたんです。わたしと別れるつもりなら、わたしを納得させるように話してもらいたいので、会いにきました」

竹川はどこにいるのか、と彼女はきいた。

「竹川さんはきのう水沢さんという叔母さんの家へ泊まりました。両親に棄てられるような目に遭った彼が、育てられた家です。けさは仕事があるようなことを叔母さんにいって、出掛けたということで、どこへいったのかは知らされていません」

「叔母さんの家へもどってくるでしょうか」

「もどってくると思います。竹川さんは叔母さんに、東京で勤めていた店を辞めたことは話していないんです」

「小倉へきた目的を、叔母さんに話しているようですか」

「結婚していた門島由紀恵さんが、登山中に事件に遭ったことは話したようですが、小倉へきた目的についてはなにも……」

「小倉へきた目的は、由紀恵さんの事件と関係がありそうですか」

タイミングから推すと、事件と関係がありそうだ、と道原は答えた。だが、なにをどうしようとしているのかは分からない。由紀恵が何者かに殺されたのを知った竹川には、犯人の目星でもついているのだろうか。犯人の目星がついていたら、竹川はなにをしようとしているのだろう。

竹川は、自分の子である綾乃のことが気がかりになったので、どうしているのかを見にやってきたのではとも思ったが、彼は綾乃がいるところへはあらわれていない。

ナツコは、竹川の叔母に会ってみる、といった。

「では、その家へ」

吉村は車の後部座席へナツコを乗せた。道原が彼女の横に乗った。

水沢家の近くに着いた。道原はその家を指差してナツコに教え、

「ここで待っているので、訪ねてください」

といって、背中を押した。

道原と吉村が見ていると、ナツコは水沢家の表札をじっと見てから、片方の手を胸にあててインターホンを押していた。

竹川実の叔母の直子は、由紀恵の葬儀に参列した。葬儀のあと、浄《きよ》めの席へ向かったが、彼女も料理屋へ入っただろうか。自宅にはからだの不自由な夫がいるので、早めにもどっているような気がする。

ナツコは、十分ほどで水沢家を出てきた。車に近づいてくる足どりは重そうだった。

「竹川の叔母さんはいらっしゃいました」

車に乗るとナツコは俯いていった。

竹川の叔母の直子は、ナツコを玄関に招いた。ナツコは竹川との間柄を話し、彼に会いにきたと告げた。すると直子は、『実はどこへいったのか分からないし、今夜、もどってくるかもわからない。もどってきたら電話を掛けさせる』といったという。

「叔母さんは、わたしを家に上げようとしなかったし、ちょっと冷たい感じでした。東京で竹川と住んでいたといったので、わたしを淫《みだ》らな女とみたようでした」

ナツコは寂しげないいかたをした。

ホテルにもどることにした。竹川からの連絡を待つことにしようといって、道原たちが宿泊するホテルの地下駐車場へ車をあずけ、付近で居酒屋をさがした。

「小倉って大都会なんですね」

ナツコは広い道路に並ぶビルを見ていった。

「ここへは、初めてなんですね」

道原も白い高層ビルを仰いだ。

「いままで九州へきたこともありませんでした」

銀行の角を曲がると幟《のぼり》を出している店があって、ウインドーにはフグ料理と手書きしたメニューが入っていた。

道原がナツコにフグはどうかときいた。

「好きです。去年、一度だけ食べました」

衝立で仕切られた店内には客が何組も入っていた。奥のほうから店員の威勢のいい声が掛かった。

メニューのフグ料理の欄を開くと、思っていたよりも値段が安いことが分かった。吉村がすぐに、フグチリにしましょう、といった。

この前、銀座で会ったときは焼酎を飲んでいたが、と道原がナツコにいうと、

「きょうはビールにします」

といった。

すぐに小ぶりのジョッキが運ばれてきて、テーブルの中央の鉄板の上に土鍋が置かれた。ナツコは空腹のうえに喉が渇いていたらしく、ジョッキのビールを豪快に飲んだ。もともと酒が強いらしい。酔っても妙なことをいったりしない人だということは、先日の飲み方で分かっている。

彼女は、道原と吉村より先にジョッキを空にした。もう一杯ビールを飲むのかと見ていたら、日本酒を頼んだ。

フグの肉と野菜が山のように盛られた大皿が置かれると、ナツコが箸で鍋に入れた。その手つきには調理の慣れがあった。フグの白い肉を箸でつまむと、道原と吉村のポン酢を注いだ小鉢に配った。自分の小鉢にも移したがその手の動きは素早かった。

吉村は、骨つきのフグの肉を、「旨い、旨い」といって食べ、ナツコにつられるように日本酒を飲んだ。

午後九時をすぎたが、ナツコの電話は鳴らなかった。竹川は水沢家へもどってこないのか、叔母の直子からナツコのことをきいたが、連絡する気にはならなかったのか。

道原はちらりと彼女の顔を見てから、竹川に電話してみたらといった。

彼女はうなずくと、バッグから銀色のスマホを取り出して耳にあてた。が、

「竹川は、番号を変えたようです」

といった。

竹川は、ナツコと別れるつもりなのだろう。急に別れたいとその理由をいっても、納得してもらえそうにないと思い、連絡を絶つ手段のひとつに電話番号の変更をしたのではないか。

「わたし、あした帰ります」

彼女はスマホをバッグに入れた。もう竹川を追いかけない。彼のことをきっぱり諦めるとでもいっているように、ぐい呑《の》みを口にかたむけた。一瞬だが、彼女の顔が蒼くなったように見えた。

道原の胸ポケットで電話が鳴った。

「きょうのお仕事はすみましたか」

娘の比呂子《ひろこ》だった。

「ああ、食事中だ」

「お酒飲んでるんでしょ」

「まあな」

「いつもいってることだけど、出張が長引くようだったら、洗濯物を送ってね。けさはお母さんがホテルへ、着替えを送ったって」

「ありがとう」

「きょう、山岳救助隊の伏見さんが、家へ寄ったよ」

「伏見が、そうか。陽に焼けていただろ」

「真っ黒。入ってきたとき、だれだか分かんなかった。お父さん、毎日忙しいと思うけど、五日か一週間に一度ぐらい、お母さんに電話してね」

「ああ、分かった」

比呂子は、「じゃあね」といって電話を切った。道原はすぐにぐい呑みをつかんだが、比呂子の声の余韻が耳朶《じだ》にはりついていた。

第四章　大正池商業という会社

1

夜中から降り出した雨はやんでいたが、雨粒は窓の広いガラスに筋を引いていた。港をはなれていく船を眺めていると、雲が割れて薄陽が目の前の白いビルにあたるようになった。どうやらきょうも晴天になりそうだ。壁の温度計は二十六度、湿度五十四パーセント。

テレビを点けた。朝七時のニュースがはじまった。

「たったいま入ったニュースです」

太い縞のネクタイを締めたハンサムなアナウンサーがいった。

けさ、下関市のみもすそ川《がわ》公園を散歩中の人が、源平合戦《げんぺいかっせん》最後の古戦場である壇之浦の海に人が浮いているのを見つけて、一一〇番通報した。駆けつけた警察官は海に浮いていた人を引き揚げた。その人は男性で五十代見当。検視の結果死亡して数時間経っているらしいことが分かった。

男性はズボンのポケットと身に付けていたウエストポーチに、多額の現金を入れていた。

警察は他殺の線を視野に入れているもよう――


朝食のレストランへいくために服装をととのえていると、自宅にいるという三船課長から電話があった。

「たったいま、署から連絡があって、下関警察からの報告をきいた」

課長は言葉を切ると、水でも飲んだのか小さな物音をさせた。

「下関署から……」

道原はつぶやいた。瞬間的に、テレビニュースでやった壇之浦の水死体の件に関係があるのではと直感した。

「けさ、下関市のみもすそ川公園近くの海で発見された遺体の男は、同じ名刺を五枚身に付けていた。名刺の名前は矢崎武敏《やざきたけとし》で、大正池商業《たいしょういけしょうぎょう》株式会社の代表取締役。その所在地は松本市城西《じょうせい》二丁目、電話は〇二六三――」

「松本市の人……」

「電話は通じなかったというが、それは早朝だからだろう。署ではすぐに会社の所在確認にいっている」

そこまでいうと課長は電話を切った。道原はメモを読み直すと、隣室の吉村に電話した。

「おはようございます」と吉村はいったが、その声はかすれていた。

二人は一階のレストランの前のソファで向かい合うと、道原が課長からの連絡を伝えた。

「松本市の人が下関で……。その人は住所も松本だったのでしょうか」

「その可能性はある。大正池商業とは、古めかしい商号の会社だな。どんな事業の会社なのか、そこの社長らしい矢崎武敏という人は、多額の現金を所持していたらしい。なにかの取り引きに現金が必要だったのかな」

「どこからか受け取った現金だったのかも」

「そうか」

二人は朝食を終えると、ロビーでテレビの前へ立った。テレビを観ている人たちがいたからだ。

テレビニュースは、関門橋とその下の海とみもすそ川公園を映した。そこにはものものしい「八十斤長州砲《はちじゅうきんちょうしゅうほう》」が五門並んでいた。文久《ぶんきゅう》三年、長州藩外国船砲撃事件に使われた大砲のレプリカである。早朝、古戦場跡の公園を散歩していて海に顔を向けたら、人間らしいものが浮いていたので、それを見た人はびっくりしたし、気味悪がったにちがいないが、ポケットに入れていた携帯電話で一一〇番通報したのだろう。

道原と吉村は、海峡を越えて山口県警下関署を訪ねた。

駐車場には車がぎっしり入っているしテレビ局の中継車もあった。［報道］の腕章を巻いている男女もいる。

道原は受付で、長野県警松本署の者だと告げると、若い女性警官は目を丸くした。けさの連絡を受けて松本から駆けつけたのかと思ったらしい。松本、下関間の距離は千三百五十キロぐらいではないか。若い女性警官は、松本署の刑事はヘリコプターできたとでも判断したのだろうか。

刑事課に案内されると、五百木《いおき》という五十がらみの警部補が近づいてきて挨拶した。

「こちらから松本へいく必要があると、話し合っていたところです」

五百木はそういって、道原と吉村を来客用の応接セットへ招いた。

道原はあらためて受け取った名刺を見て、五百木とは珍しい名字だといった。

「父が愛媛の松山《まつやま》の生まれです。松山には同じ姓の家が何軒もあります」

五百木はそういってから、ここへの到着が早いが、近くにいたのかときいた。

「私たちは、北アルプス登山中に殺された女性の住所が小倉でしたので、何日か前から小倉北区のホテルに泊まっていました」

「北アルプスで不幸な目に遭った女性は、たしか三十代半ばで単独行でしたね」

「そうです。犯人は落石事故に見せかけるつもりだったのでしょうが、そうはいかず、現場の石を拾って、頭と胸へ」

「犯人《ホシ》の目星はつきましたか」

道原は、まったく分かっていないと首を振ってから、

「その被害者の門島由紀恵ですが、七年前の七月、彼女の父親の孝光が、門司のマンションの通路から転落して死亡しています。酒を飲んではいたが、通路には手すりがある。それを乗り越えたとは考えられないし、転落する直前に何者かと争ったと思われる傷跡もありました」

「足でもすくわれたんじゃないでしょうか」

「そうでしょう。孝光の事件の五年前、つまりいまから十二年前の二月、孝光の父親の門島誠治が関門海峡の下関側の海に転落して、死亡しています。それも殺しとみられているようですが……」

といって、五百木の顔に注目した。

五百木は下唇を突き出して、首を縦に振った。

「門島誠治は小倉に住んでいましたが、下関商港で、エンジンに故障を起こした漁船の修理作業に出張してきていたんです。夕方の六時ごろ、一服するといって甲板へ出ていったがもどってこないので、一緒に作業していた人たちが、海に落ちたんじゃないかと心配してさがしたが、見つからなかった。警察と海上保安庁が船を出して捜索して、何時間か後に海中で見つけたんです。衣服を脱がして検べたところ、肩から背中にかけて固い物で殴《なぐ》

られたような跡があった。それで、殴られたあと転落させられたものと判断したんです。……亡くなったときは七十五歳でした。十数年前に戸畑の造船会社を退職したが、顧問という待遇を得ていて、週のうち一日か二日は会社へいって、工場の見まわりをしていたということでした。社内では、『船のエンジンのことなら門島にきけ』といわれるほど卓越した知識を身に付けていた人だったということです」

誠治の葬儀は小倉の寺で執り行われたが、会葬者の人数の多さにはびっくりした、と五百木はいった。その葬儀の喪主は孝光だった。

壇之浦の海で発見され、矢崎武敏の名刺を身に付けていた男に話を移した。

男の身長は一六八センチ、体重五三キロ程度、血液型はA型。

遺体の男のDNA鑑定を急ぐために、下関署は男の試料を長野県警本部へ送ったという。

「同じ名刺を複数持っていたので、遺体は矢崎武敏という人だと思います」

「その男性は、多額の現金を身に付けていたそうですが」

道原がきいた。

「ウエストポーチに三百万円、ズボンの左の尻ポケットに百万円。いずれも帯封のかかった一万円札です。ズボンのポケットには財布も小銭入れもなくて、現金以外のものは縞模様のハンカチ一枚だけでした。目下、身に付けていた物がないかを、陸上と海でさがしています。たぶん上着を着ていたと思われますし、そのポケットにも現金を入れていたかもしれません」

五百木は、遺体発見現場へ案内するといって立ち上がった。

五百木が乗った下関署の車は、海沿いの道路を東へ向かった。しものせき水族館があり地方卸売市場の唐戸《からと》市場《いちば》があった。信号で車がとまるたびに目についたものがある。いまや人気絶頂の歌手夕霧《ゆうぎり》ルリ子《こ》の歌謡ショーのポスターだが、それには道端家ねびえ、ころんの漫才コンビが出演するとあった。その公演の初日はきょうとなっている。

壇之浦の遺体発見現場の公園に着いた。せまい関門海峡に向かって五門の長州砲が並んでいた。

大きい音がしそうだが、はたして敵をおびやかすことができたろうか。

真上を関門橋が渡っていた。源 義経《みなもとのよしつね》と平 知盛《たいらのとももり》が戦っている像も立っていた。そのすぐ近くには関門トンネルの下関側入口があった。

岸辺近くの海では警察官が乗った船が海中の捜索にあたっているが、いまのところ矢崎武敏という男の所持品らしい物は見つかっていないようだ。

「少なくとも四百万円もの現金を持っていた。なにかの取り引きに使う金だったんでしょうか」

吉村が風のなかで道原にいった。

「現金取り引きというと、不動産売買に関係がありそうな気がするが……」

「貴金属の取り引きかも」

「松本の大正池商業という会社が、なにを扱っていたかだな」

道原は潮の流れのなかを滑るように進む貨物船を見ていた。

道原たちの疑問に答えるように三船課長が電話をよこした。松本市城西一丁目の矢崎武敏の大正池商業はマンションの一室。午前十時になっても電話は通じないし、その部屋を出入りする人もいない。それで捜査員は管理人に立ち合ってもらって、部屋へ入った。

室内は三室にキッチンで、一室にパソコンを置いたテーブルと椅子があり、奥の部屋にはベッドが据えられていた。

「その部屋は、矢崎武敏の住まいのようだ。だが、そこに矢崎の住民登録はない。いま午前十一時をまわったところだが、テーブルの上の固定電話は鳴らないし、訪れる者もいない。まるで矢崎が死んだことを知っているような部屋だと、捜査員はいっている」

「矢崎がどんな事業をやっていたのかも分からないんですね」

道原がきいた。

「いまのところ不明。矢崎という男はマンションの部屋を事務所に使っていたにちがいないので、目下室内を調べている」

課長は電話を切った。

海峡中央部の潮の動きを眺めていると、白い小型船がやってきた。その船には黒い字で［山口県警察］と書いてあった。

また道原の電話が鳴った。三船課長だ。

「伝さん。そっちでまだ調べたいことがあるだろうが、いったんもどってきてくれないか」

課長は、矢崎武敏の経歴や事業内容を詳しく調べたいのだといった。

道原と吉村は、矢崎武敏と思われる男の死に顔の写真を持った。関門橋を渡り、九州《きゆうしゆう》自動車道《じどうしやどう》を南下し、新北九州空港連絡橋《しんきたきゆうしゆうくうこうれんらくきよう》を渡って、北九州空港へ向かった。

2

道原と吉村は松本署に着くとすぐに、矢崎武敏の住所兼事務所だったらしい城西のマンションへ向かった。松本城の西側にあたるそこはレンガ色の六階建てで、入口横に「マウンテンド」と白い石に名称が彫ってあり、高級感があった。マンションの横の駐車場にはパトカーがとまっていて、警官が張り込んでいた。矢崎はそこの五階に住んでいた。

マンションの管理人は本間《ほんま》という名の七十歳ぐらいの男だった。道原は本間を矢崎が住んでいる部屋へ呼んだ。

下関署からあずかってきた矢崎武敏らしい男の写真を白い頭の本間に見せた。本間は鼻に皺を寄せた。すぐに死体と分かったからだ。

「矢崎さんにまちがいありません」

管理事務所に提出されている矢崎の年齢は五十五歳だ。

「ここに矢崎さんは住民登録をしていないが、住居にしていたんですね」

道原が本間にきいた。

「はい、住んでいました」

矢崎は、このマンションが完成した四年前に入居したという。

「家族は」

「独り暮らしで、ご家族らしい方を見掛けたことはありません」

「矢崎さんは、大正池商業という名刺を使っていたようですが、どんな商売なのか知っていますか」

「いいえ、知りません」

「訪ねてくる人は……」

「週のうち一回ぐらい女の人がきていました」

「どんな風采《ふうさい》の女性でしたか」

「特別変わった服装の人ではありませんが、小ぎれいな感じで、三十代半ばぐらいに見えました。その人は私を見ると、頭を下げて通りました。それからたまに男の人がくることがありました」

「同じ男ですか」

「いいえ、決まった人ではなかったと思います」

「訪ねてきた男の服装は……」

「サラリーマン風というか、スーツを着ていました。特別目立つ服装の人ではなかったと思います」

道原は本間に、五十代の矢崎をどんなふうに見ていたかをきいた。

「毎日決まった時間に出掛けないし、二日も三日も姿を見ない日もありました。なにかの事業をやっている人だろうとは思っていました。……私は午前十時から午後六時までここに勤めていますが、矢崎さんを日に何度も見ることがありましたし、旅行に出るらしく、大きめのバッグを持っていくのを見たこともありました。あ、そうそう、矢崎さんは登山をしていました。リュックを背負って、登山靴を履いていた姿を何度か見ました」

「どこへ登るのか、あるいは登ってきたのかをきいたことがありましたか」

「いいえ、ありませんでした。……私が話し掛けようとしても、さっさとこの前を通ってしまい、不愛想な感じの人でした」

「矢崎さんが下関の海で発見されたことは報道されましたが、それを知って、訪ねてきた人は……」

「いません。おいでになったのは、警察の方だけです」

会社登記を確認にいっていた捜査員から連絡が入り、大正池商業という会社の登記は見当たらないという。

住民登録を調べていた捜査員からも連絡があった。松本市蟻ケ崎台《ありがさきだい》に矢崎武敏の該当があって、その住所には妻、長女、次女が住んでいることになっているという。そして矢崎の本籍は、長野県飯田《いいだ》市座光寺。

「家族に会いにいこう」

道原がいったところへ、テーブルの上の固定電話が鳴った。

道原は鶯色《うぐいすいろ》の電話機をひとにらみしてから受話器を取り上げた。

「あのう、テレビのニュースを観た者ですが……」

相手は男性で気弱そうないいかたをした。

「矢崎武敏さんにご用があった方ですね」

「警察の方ですか」

若い人ではなさそうだ。

「はい。松本署の者です。あなたは矢崎さんのお知り合いですね」

「はい。たまに一緒に食事をしていた者です」

「私は刑事課の道原といいますが、あなたのお名前は」

「北沢《きたざわ》と申します。矢崎さんは下関で災難に遭ったということですが、どうして、そんなことに……」

「分かりません。あなたにお会いしたいのですが、いまどちらにいらっしゃいますか」

「私はきょうは出番ですので、あしたの午後でしたら」

「出番とおっしゃると……」

「タクシーの運転手です」

「松本の方ですね」

「安曇野市に住んでいます」

道原は、北沢のフルネームと電話番号をきいた。

「北沢達郎《たつろう》で、ケータイの番号は〇八〇の……」

道原はメモして、あすの何時なら会えるかときいた。

北沢は迷っているのか少し黙っていたが、午後二時に松本駅東口に近いカフェの「山小《やまご》屋《や》」でどうかといった。

「では、あした」

と道原はいって受話器をそっと置いた。

矢崎の妻や娘も、ニュースで武敏が下関で事件に遭ったことを知ったと思うが、警察への連絡はなかった。


松本市内の蟻ケ崎台は閑静な住宅街だ。［矢崎］という表札の出ている家は、青垣で囲んだ木造二階建てで、色づいた柿の実の枝がのぞいていた。鉄格子の門に付いたインターホンを押すと犬の声と女性の声が一緒にきこえた。

「夜分に失礼します。松本警察署の者です」

吉村がいうと、女性は、すぐに出ていくといって、玄関ドアの上に灯りが点き、ドアが開いた。五十代と思われる細面の女性が出てきて門を開けると、

「ご苦労さまです」

といって腰を折った。

「奥さんですね」

道原がいうと、彼女は小さくうなずいた。

彼女の背後には蝶のように広がった耳の白黒の小型犬がいた。犬は、彼女と道原の顔を見比べるような首の振りかたをした。

この家にいるのは矢崎の妻の礼子《れいこ》と長女と次女だと分かっていた。

礼子は、道原と吉村を洋間へ通した。壁には縦一メートルぐらいの油絵が掛かっていた。斜めに降る雪道を傘をさして歩いている和服の女の絵だが、肩から上は傘に隠れている。

もしかしたら大家《たいか》の作品ではと思ったが、道原は絵の作者を礼子にきかなかった。

道原は礼子に夫の悔やみを述べた。彼女は無言で頭だけを下げた。

玄関で物音がして、女性の声が、「ただいま」といった。

「上の娘です」

礼子が小さな声でいった。

「お嬢さんはお勤めですか」

「安曇野市の精密機械の会社に勤めております。下の娘も間もなく帰ってきますが、松本市内のレストランチェーン経営の会社の本部に、今年から勤めております」

二人とも大学を出て就職したのだと、礼子は俯き加減になって話した。

「ご主人は、下関の海でご不幸な目に遭いましたが、それをどこで知りましたか」

道原は膝の上で手の指を動かしつづけている礼子にきいた。

「テレビのニュースです」

「びっくりなさったでしょう」

「はい、それは……」

彼女は膝にあった手を胸にあてた。

「お気の毒です」

彼女は、まるで謝るように頭を下げた。

「下関の海で発見されたのがご主人だと分かったのに、警察に連絡されなかった。どうしてですか」

「いまはもう、他人のようになってしまった人でしたので」

「他人のようにといわれると、一緒に住んでいなかったということですか」

「はい。矢崎は四年ほど前に、わたしたちと別れて、この家を出ていきました。それからは一度も顔を見ていません。娘が可愛くないのか、娘と外で会ってもいないのです」

「別居された原因は……」

「お恥ずかしいことですけど、女性が出来たんです。地方へ出張だとか、旅行だとかといって二、三日帰ってこないことがありました。それは嘘で、女性のところに居つづけていたようです。わたしには耐えられないことでしたし、年ごろの娘が二人いる環境を考えて、この家を出ていってもらうことにいたしました」

彼女はハンカチを取り出すと目にあてた。

ドアにノックがあって、

「お客さまに、お茶を」

と、長女がいった。

礼子は立っていって、盆にのせたお茶を受け取った。

また玄関で物音がして、「ただいま」という女性の声がした。次女が帰宅したのだった。

犬が廊下を駆けまわっているらしい音がした。

「矢崎さんの相手の女性の名前や住所を、奥さんはご存じですか」

「知りませんし、会ったこともありません」

礼子は一瞬だが、眉間に深い皺を立てた。

「矢崎さんは、城西のマウンテンドというマンションの五階に独りで住んでいたようです。そのマンションをご存じでしたか」

「矢崎は、ここを出ていってから、住所を書いた手紙をよこしました。わたしはそこを見にいったこともありません」

礼子は潔癖症なのか首を横に振った。まるで夫のことを思い出すのも忌々《いまいま》しいといっているようだった。

矢崎は礼子に仕送りをしていたのではないかと想像したが、それはきかなかった。

「矢崎さんは、大正池商業という名刺を使っていたらしいが、どういう事業をしていたのかをご存じでしょうね」

「古物商です」

「骨董品《こっとうひん》などを扱う……」

「そうです。古いお宅の蔵にでも眠っている絵や、壺《つぼ》や、仏像などを安く仕入れて、高値をつけて売る商売です。この絵も、戸隠《とがくし》のなんとかいう牧場を経営なさっている家の土蔵から見つかったものです。有名な方がお描きになった絵だそうで、矢崎は手放すのが惜しいといっておりました」

礼子は壁の絵を見上げた。

「矢崎さんは、ウエストポーチやズボンのポケットに大金を入れていました」

「なにかを買い付けるための資金だったんじゃないでしょうか」

「なるほど。所持していた現金を奪おうとした者がいたということでしょうか」

礼子は、そうではないかと思うというふうに、壁の絵を見上げていた。

矢崎の本籍地は飯田市座光寺だが、そこが出生地かと道原はきいた。

「そうです。実家は元善光寺《もとぜんこうじ》というお寺の近くでした。わたしは旧飯田市の紙屋の娘でした。わたしたちの結婚式は飯田市内で行われました」

「紙屋さんというと、水引《みずひき》に使う和紙を扱うお店ですね」

「よくご存じで。飯田は水引の産地ですので」

矢崎には兄弟がいるのかときいた。

「姉さんが一人いましたが、五、六年前に病気で亡くなりました。両親もずっと前に亡くなって、矢崎には肉親がいなかったんです」

道原は、礼子に矢崎武敏の経歴をきいた。

3

矢崎武敏は、飯田市内の高校を出て東京の有名大学にすすんで、卒業した。両親は郷里へ帰ってきて欲しいと希《ねが》っていたが、彼は大手銀行の入社試験に合格して入行した。二十七歳のとき、帰省した折りに知り合った礼子と二十八歳で結婚した。東京では中野区に住み、礼子は病院へ事務職として就職した。

礼子は出産を控えたところで退職し、長女を産み、三年後に次女を産んだ。

矢崎は四十歳で銀行を辞めた。古物を扱う営業の許可を取って、主に美術品の競りあっせん業者となった。

礼子には古物を扱う商売の流れなど分からなかったが、彼には遠隔地からも情報が入るらしく、しょっちゅう東へも西へも飛んでいた。自宅には仕事を持ち込みたくないといって、渋谷に事務所を設けた。

古物商になって七、八年後、山岳地が近い松本市に住みたいといって蟻ケ崎台に新築の家を買って東京から転居した。

彼は銀行を辞めるさいも、古物商に転向するさいも、礼子が納得するような相談をしなかった。自分で方針を決めてから話をした。松本への転居についても同様で、『いい家を見つけてきた』といったのだった。

しかし松本の家は東京で借りていた家よりもずっと広く、周囲の環境もよくて、礼子は気に入った。それに自分の家というのがうれしかった。

矢崎は礼子に仕事の内容などを話したことはなかった。したがって彼女は、夫がなにをどのように買ってどう売りさばいているのかも知らなかった。漠然と分かっているのは、金儲《もう》けが上手ということ。古物商に転向して七、八年で土地つきの家を買えたのだから、並みの才能の人ではないと感心していた。

彼は連休の前日などに突然、『あしたは上高地へ連れていってやる』といったり、『山に登ってくる』といって、二泊ぐらいで帰ってきた。だれかと一緒に登るのかと礼子がきくと、二、三人の名を挙げたこともあったし、単独で登るといったこともあった。

矢崎は上高地が好きだった。まだ雪のある四月下旬、家族の三人を連れて、大正池から河童橋《かっぱばし》まで歩いたこともあったし、岳沢《だけさわ》を往復して上高地帝国《ていこく》ホテルへも五千尺《ごせんじゃく》ホテルへも宿泊したことがあった。

「いまになって振り返ると、矢崎は女の人とも山に登っていたかもしれません」

道原は、矢崎が山をやっていたことに関心を持った。

「矢崎さんが、どことどこへ登っていたかを憶えていらっしゃいますか」

「いつも上高地を通過して登るといっていましたので、穂高だったと思います」

「カメラを持って登っていたでしょうね」

「小型のカメラを持っていました」

矢崎が撮った写真があるなら、見せて欲しいというと、礼子は少し考えるような表情をしてから洋間を出ていった。

彼女は、アルバムをさがすのに手間がかかったのか十分以上経って、緑色の表紙の薄いアルバムを二冊持ってきた。

「山で撮った写真のアルバムは、たくさんあったはずですが、矢崎が持っていったのだと思います。残っていたのはこれだけでした」

横尾山荘を撮り、矢崎は山荘の前で顎に黒い髭をたくわえている男と肩を並べていた。撮影年月日が入っていないので、いつの山行なのかが分からない。涸沢の写真が十枚ほどあって、五、六人の登山者が寒そうに腕を組んだり、頬を両手ではさんでいるのがある。蒼い空の下に山頂がとがっている峰がある。そのかたちは槍ケ岳《やりがたけ》だ。カメラは向きを変え、深い谷越えに笠ケ岳《かさがたけ》と抜戸岳《ぬけどだけ》を写していた。するとカメラを構えた地点は北穂高山頂ということになる。

べつのアルバムには平地を写しているのがあった。白馬村《はくばむら》役場と白馬村交番を撮り、雷鳥沢《らいちょうざわ》ヒュッテを写し、その山小屋の前で、矢崎は長身の男と並んでいた。その背後に雪をかぶった山脈が写っている。それは白馬三山《しろうまさんざん》のようだ。五月か六月ごろの写真にちがいない。

道原は、矢崎に並んで写っている髭の男と長身の男の写真を礼子に向けた。

「背の高い方は知りませんが、髭の方にはお目にかかったことがあります」

彼女はアルバムから顔をはなしていった。髭の男は、安曇野市のスポーツ用品店の主人だといった。

礼子が答えたことを道原と吉村はノートにメモした。

と、彼女は突然、両手で顔をおおって泣きはじめた。道原はペンを持った手をとめて彼女を観察した。

彼女の声が大きくなった。取り乱しているといった格好だ。その声をききつけたらしい娘が一人洋間へ入ってくると、母親の肩を抱いて椅子を立たせた。

「申し訳ありません。きょうはお引き取りください」

長女だった。彼女は礼子の肩を抱いて部屋を出ていった。

久しぶりに夫の写真を見て、かつての平穏だったころを思い出したのではないか。悔しさのような感情が沸騰してきたにちがいない。

道原と吉村は靴を履くと、

「失礼しました」

と、奥へ向かって声を掛けた。

署の駐車場に車を置いた。

「腹がへっただろ」

道原がいうと吉村は目を細めて、腹をさすった。

署の近くの食堂で向かい合うと、

「きみは飯田市の生まれだったな」

道原がきいた。吉村は、そうだといって背筋を伸ばした。

「兄弟は……」

「兄と妹が二人います」

「四人兄妹か。実家は農業なの」

「いいえ。父は上郷《かみさと》の農家の次男でした。実家から農地を分けてもらえるほどの農家でなかったので、中学を卒《お》えると飯田市内の木工所に勤めました。いまもその木工所で職人として働いています」

「まだ五十代だろ」

「五十八歳です。母は、小学校で調理師をしています」

「兄さんはサラリーマンか」

「高校を出て、飯田市役所に勤めています。妹たちも高卒で、二人とも飯田市のバス会社勤務です」

「きみだけが東京の大学を出たんだね」

「母は、ぼくの在学中の仕送りに苦労したようです」

「たまにはお母さんに、なにか送ってあげているのか」

「母はなにかをもらうより、旅行に連れていって欲しいっていってます」

「どこへいきたいのかな」

「沖縄です。今度の正月には妹たちが沖縄へ母を連れてくことにしているそうです」

「きみは一緒じゃないのか」

「ぼくは、旅行の計画を立てないことにしています。なにも起こらなかったら、沖縄旅行に参加するつもりです。……道原さんには、いきたいところがありますか」

「国内には、いきたいところは、ないな」

「海外では、どこへ」

「オーストラリアかニュージーランドへいってみたい。山岳救助隊に紫門一鬼《しもんいっき》という男がいるが」

「知っています。警察官ではないですね」

「民間の人だ。山で事故が起きると招集される一人だ。彼はニュージーランドが好きで、何度もいっている。彼はニュージーランドへいっても山に登っているらしいよ」

山岳救助隊の話が出たので伏見を思い出して、電話を掛けた。

「あ、道原さん」

伏見は快活な声で応えた。

「安曇野市内にスポーツ用品店があるが、なんていう人がやっているのかを知っているか」

「知っています。桃井朋行《ももいともゆき》さんで、救助隊のメンバーでもあります。桃井さんが、なにか……」

「松本市に住んでいた人が、下関で殺害された」

「その事件、テレビニュースで知りました」

「その事件の被害者は、桃井さんと親しかったらしい。それで、あした会ってみることにする」

「山に登っていなければ、店にいると思います」

伏見は、桃井の店は［渓流社《けいりゆうしや》］だといい、所在地と電話番号を教えてくれた。

食堂を出ると風が強くなっていた。食堂のテレビは、大型で強い勢力の台風が接近しているという情報を流していた。

「急に秋らしくなったな」

道原は雲が動いている空を仰いだ。署の庭ではコスモスが風になびいて折れそうになっている。

4

　松本駅近くの喫茶店・山小屋で、タクシードライバーの北沢達郎に会った。椅子から立ち上がった彼を見たとたん、矢崎武敏のアルバムにあった長身の男だと分かった。四十代後半で大きい目をしている。

　北沢は、下関で矢崎が事件に遭ったことを知っていた。

「新聞で事件の詳細を知りました。多額の現金を身に付けていたそうですね」

　彼はぎょろりとした目を向けた。

　矢崎とは山友だちのようだったが、登山中にでも知り合ったのかと道原はきいた。

「六、七年前でしたが、矢崎さんは私のタクシーに乗って、上高地へいきました。穂高へ登るといっていました。私も年に二回は山をやるので、上高地への道中、山での思い出話をしたんです。そのときおたがいに名前や電話番号を教え合ったんです」

　一か月ほど経ったころ、矢崎が、槍ヶ岳へ登るつもりだが、一緒に登らないかと電話をよこした。九月の快晴の日だったので、空を仰ぎながら、『一緒に登りましょう』と返事をした。

その山行では、梓川から槍沢《やりさわ》を登りつめて、槍沢ロッヂに泊まった。二人はビールを飲みながらまた、かつて登ったことのある山の思い出を話し合ったが、話しているうち矢崎は、北沢の家族のことを熱心にきいた。

北沢の住所は安曇野で、妻は自宅近くのそば屋に勤めていて、高校生の息子の三人暮らし。二年前まで北沢の母親が同居していたが歳とともに口うるさくなって、なにかにつけ妻につっかかった。母親は穏やかな人だったのに、息子の態度にも文句をいったり、時には手を振り上げて殴るような格好もした。妻は母親の変わりぶりを知り合いの医師に話した。すると医師は認知症状の一種だといった。

母親は、北沢の妻と息子を見ていると腹が立ってしかたがないと訴えたので、独り暮らしをしてみるかと打診したところ、『独りで自由に暮らしたい』と答えた。

そこで北沢は、自宅から二百メートルぐらいのアパートの一室を借りた。母親をそのアパートの部屋へ連れていくと、『ここがいい。ここに独りで住むことにする』といって、壁や床を撫でていた。アパートの家主の家は道路をへだてた正面なので、母親が部屋を出入りするのを見掛けたら注意してもらいたいと頼んだ。

母親は自分で煮炊きもするし、風呂にも入った。きれい好きで、他の入居者も利用する通路を掃くこともあった。

北沢は矢崎にきかれて、母親の暮らしぶりを話したが、なぜ年寄りの独り暮らしに興味を持っているのか分からなかった。

その後も北沢は矢崎に会い食事をしたが、あるとき矢崎は、『名簿づくりをやっているが、一緒にやらないか』といった。古物商だといっていたのに、名簿づくりとはいったいどんな仕事なのかときいた。すると矢崎は、『一緒に仕事するのなら、詳しく話す』と答えた。そう答えたときの矢崎はそれまで見せたことのない表情をしたし、薄笑いを浮かべ、『儲かる仕事ですよ』といった。

北沢は返事をしなかった。儲かる仕事とは危険を伴う仕事にちがいないと判断した。

「名簿づくりの仕事を、一緒にやらないかと誘われたのは二年ぐらい前でした。そのとき矢崎さんは、奥さんや娘さんとは別居しているといっていました。気のせいか会うたびに目つきが鋭くなっているように見えました」

矢崎と会ったのはそれが最後だったといった。

「今回の矢崎さんの事件を知って、どんなことを感じましたか」

道原は、北沢の顔をじっと見てきいた。

「矢崎さんは殺された可能性があるという新聞記事を読んで、商売関係のもつれが原因じゃないかと想像しました。そして、以前に一緒に仕事をやらないかと誘われたことがあったのを思い出して、誘いに乗らなくてよかったとも思いました」

道原と吉村は北沢のいった言葉にうなずくと席を立った。安曇野市の渓流社に向かって車を走らせた。

「矢崎がやっていた、名簿づくりってなんだろう」

道原が助手席から吉村に話し掛けた。

「矢崎は北沢さんに、お母さんの人柄や暮らしぶりを詳しくきいていたといっていましたね」

「そうだった。北沢さんのお母さんは七十代だ」

「高齢者と名簿は関係があるんじゃないでしょうか」

渓流社は糸魚川《いといがわ》街道《かいどう》沿いで豊科《とよしな》高校の近くだった。小ぢんまりとした店で、緑色の地に白い文字の看板を出していた。中年の女性客が二人入っていて、顎に髭のある店主の桃井と山靴について相談をしていることが分かった。二人とも山登りについては初心者のようだ。登山には好シーズンなので、近日中に登るのではないか。それで足元を固めるためにこの店を訪れたにちがいない。二人はウェアでも買ったのか、山のイラストの付いた大きい紙袋を提げて店を出ていった。

訪れた二人の男が刑事だったからか、桃井朋行は目を丸くして、折りたたみ椅子を広げた。

道原は一年前まで安曇野署に勤務していたといった。

「私は、安曇野署に本部がある山岳救助隊のメンバーです」

「伏見からききました。伏見は以前、私とコンビを組んで事件捜査にあたっていた男です」

「伏見さんから話をきいた憶えがあります。署員から伝さんと呼ばれていたというのを」

桃井は四十七歳だといったが、いくつか若く見えた。

「じつは私たちはいま、矢崎武敏さんが不幸な目に遭った事件の捜査にあたっています」

「きのう、テレビを観ていてびっくりしました。下関の海で発見された男性が矢崎武敏の名刺を複数枚身に付けていたし、多額の現金の入った……」

桃井は身震いするように肩を揺らした。

道原は、矢崎とはどういう間柄だったかを桃井にきいた。

「私は大学を出てから四十歳まで、松本の独標荘《どっぴょうそう》に勤めていました」

松本近郊では有名なスポーツ用品店で、登山用具やウェアも製造している。

「そうですか。じゃ、お店で会っていたかもしれませんね」

道原は、アイゼンやロープを独標荘で買ったことがあった。

矢崎は独標荘の客だった。店を訪れると桃井をつかまえて山の話をした。親しくなると一緒に山行をしようということになって真夏に立山《たてやま》と北穂へ登ったという。

「では、松本で食事をしたこともあったでしょうね」

道原がきいた。

「ありました。矢崎さんは裕福な方で、ステーキハウスのグリルバーナやフランス料理のラポールでご馳走してくれました。食事のたびにご馳走になるので、私は遠慮したこともあったし、お礼といって商品券を差し上げたこともありましたけど、そのたびに気を遣《つか》わないでといわれました」

「矢崎さんは自分の仕事の話をしたことがありましたか」

「古物商でしたので、珍しい物を買ったり、高値をつけて売ったりしたことを話してくれました。長野市の旧家の土蔵から出てきた仏像は、京都か奈良のお寺から盗んできた物ではないかとみたので、仏像などの扱いに慣れている人に話を持ち掛けると、すぐに客を見つけてきて、思いがけないほどいい値で買い取ってくれたと話したこともありました」

桃井はそういって顎髭を撫でたが、三、四年前、食事をすませて松本の裏町のバーへいったとき、一緒に仕事をしないかと誘われたという。

「どんな仕事でしたか」

道原は桃井の口元をにらんだ。

「ある人の生活状況や人柄や資産などを詳細に調べる仕事だといいました」

「ある人とは、どういう人かをききましたか」

「年配の主に女性だといっていました」

「年配の女性の身辺を調べる……。調べたものをどうするんでしょう」

「何十人とか、いや、何百人のデータをそろえたリストをつくるというようなことを話してました」

「リストが出来たらどうするのでしょう」

「それを引き取る人か、企業があるということでした」

「その話をきいて、桃井さんは乗り気になりましたか」

「いいえ。リストは、なんだかいいことに利用するのではなさそうな気がしましたので、その話はきかなかったことにするといって、断わりました」

「矢崎さんは、なにかいいましたか」

「儲かる仕事なのにといいましたし、機嫌を損ねたようでした」

「矢崎さんが仕事の話を持ちかけてから、お会いになりましたか」

「たしか一年ぐらいあとに、この店へひょっこりあらわれ、お茶を飲んで帰りました」

「一緒に仕事をしようとはいわなかったんですね」

「ええ。世間話をしただけでした」

桃井はそういってから頭に手をやり、思い出したことがあるといった。

「三年ぐらい前のことです。私は独標荘に用事があったので車に乗っていたんですが、桜橋《さくらばし》の手前で信号待ちをしていたら、矢崎さんが女性と一緒に歩いて信号を渡りました。その女性は私が知っている人でした」

どういう女性なのかを道原はきいた。

住田千波《すみたちなみ》といって、独標荘に短期間勤めていた。住所は里山辺《さとやまべ》で、そのころ三十歳ぐらいだったという。

矢崎が住んでいたマンションの管理人の話では、彼の部屋を訪ねてくる女性がいた。三十代半ば見当で身ぎれいな人ということだった。その人はもしかしたら住田千波という女性かもしれない。道原はその女性の生活環境を知っておく必要を感じた。

5

「矢崎は、一緒に仕事をする相手を欲しがっていたようですね」

車のハンドルをにぎっている吉村がいった。

「矢崎は、北沢にも桃井にも同じ話を持ちかけたようだったな」

「主に、年配の女性の身辺を詳しく調べてリストにする。矢崎はそれをどうするかは、二人には話さなかったようですね」

「二人は矢崎が持ちかけた話を胡散《うさん》くさいと感じたか、危険な仕事とみて尻込みしたんだろう。矢崎が哀れな死にかたをしたことを考えると、彼の誘いに乗らなかった二人は賢明だったということになる」

里山辺は高台である。T字路の角に市の出張所があったので住田という家があるかを職員に尋ねた。女性職員は地元の人なのか、

「公民館の裏側です」

と教えてくれた。

住田という家は古い二階屋だった。ガレージに軽乗用車が入っていた。その家の横にはコスモスとキクが一列に並んで花を揺らしていた。せまい畑があって、そこに女性がしゃがんで緑の葉を摘んでいた。その人に声を掛けるとびっくりしたように立ち上がった。道原が警察の者だというと、なお驚いたように白い顔を強張《こわば》らせた。

「住田さんですね」

ときくと、

「住田千波です」

と答えた。面長で涼しげな目をしていて、細身で背も高いほうだ。

「矢崎武敏さんを知っていましたか」

道原がきくと目を伏せて、

「はい」

と返事をした。

「矢崎さんとは、お付合いをしていたんですね」

その質問にも、「はい」と小さい声で答えた。

彼女は青菜をつかんだ自分の手を見るような目をしてから、

「せまいところですが、どうぞお上がりください。家には耳の遠い母がいるだけですので」

といって玄関のガラス戸を開けた。

「千波、だれかきたようだよ」

家の奥から嗄《しやが》れた声がした。母親なのだろう。

千波は勝手口から上がって、キッチンテーブルへ二人の刑事を招いた。そのケヤキのテーブルは大きく、板は厚く、木目が鮮やかに浮いていた。

茶色い縞の猫が入ってきて、道原と吉村をにらんだ。

「お母さんは寝《やす》んでいるのですか」

「いいえ。一日中本を読んでいます。同じ本を繰り返し読んでいるんです。二年ほど前から急に耳が遠くなったし、外を歩いていて家へ帰る道が分からなくなって、近所の人に連れられて帰ってきたこともありました。まだそんな歳ではないのに」

「こちらでは、お母さんと二人だけですか」

「はい。父が五年前に亡くなってからは」

「あなたは、以前、独標荘に勤めていたそうですね」

「一年半ばかり勤めていました。刑事さんはわたしのいろんなことをご存じのようですね」

「それほどでもありません。矢崎武敏さんについての情報を集めていたら、あなたが親しかったことを知ったんです」

彼女はすっと立つと、流し台のほうを向いてお茶をいれた。ガラスを張った食器棚には色のちがった食器が並んでいた。

「すみません。母に牛乳を持っていきますので」

彼女は厚手のカップに牛乳を注ぐと奥へ入っていった。その後ろ姿を見て気づいたが彼女は素足だった。

「お母さんは、おいくつですか」

「六十です。二年ぐらい前までは、美《うつくし》ヶ《が》原高原《はらこうげん》の旅館へお手伝いに通っていたんです」

千波は家の奥をちらりと見て顔を曇らせた。

「矢崎さんが不幸な結果になったのを、ご存じですね」

「テレビのニュースで……」

彼女は唇を嚙んだ。

「矢崎さんとはいつからお付合いを……」

「五年ぐらい前からです」

「矢崎さんは四年ほど前、蟻ケ崎台の自宅を出て城西のマンションに独りで住むようになった。あなたと会うためでしたね」

「わたしとのことが奥さんに知られて、奥さんに追い出されたといっていました。わたしは、ご家族に申し訳のないことをしていると思っていました」

「矢崎さんは、大正池商業という名刺を仕事に使っていたようですが、それは知っていましたか」

「知っていました」

「どのような仕事だったかを、知っていましたか。重大事件の捜査ですので、詳しく話してくれませんか」

「正確にはなんて呼ぶのか知りませんが、名簿のようなものをつくる仕事です」

「名簿……。どういう人たちの名簿かを知っていましたか」

「はい。お手伝いをしたことがありましたので」

「あなたが、手伝いを。どのような……」

「何人かの住所を書いたものを渡されましたので……」

彼女はそういってから、口を閉じて目を伏せた。答えづらいことがあるようだ。

道原と吉村は正面から彼女の顔を見て、口が開くのを待った。

「わたしは、四、五人の方の住所の付近へ行きました」

「四、五人の住所。……それはどこでしたか」

「最初は長野市でした」

「最初はというと、何か所も……」

「諏訪《すわ》市にも、飯田市にも、上田《うえだ》市にも」

「その四、五人は、どういう人でしたか」

「七十代から八十代で、主に女性でした」

「あなたはその人たちの住所付近へいって、なにをしたんですか」

彼女はもぞもぞと上半身を動かして、

「どのような人柄か、どんな暮らしかたをしているかなどを聞き込みました」

高齢者の人柄や生活状態を聞き込んだ――道原と吉村は顔を見合わせた。

「あなたは矢崎さんから指示されて、長野市や上田市へいって、年配者の住所の付近でその人たちの暮らしぶりを聞き込みしていた。……矢崎さんも同じことをしていたんじゃないでしょうか」

「そうです。彼は、東京や横浜のほうへいっていたようでした。わたしのほかに、彼から仕事を請け負っている人が二人いるということでした」

「それは男、女……」

「男性ということでした。わたしはその二人を見たことも会ったこともありません」

「あなたのやっていたことは、一種の調査ですが、それを毎日やっていたんですね」

「わたしは毎日ではありません。週に二日ぐらいでした」

「あなたと、矢崎さんと、それから二人の男性は高齢者の身辺調査をした。それを調べただけではないでしょ」

「はい。それを、なんというのでしょうか、きれいにととのえ、あ、つまり商品化です。それをする人がいるということでした」

「つまり、何十人、いや、何百人かの身辺情報を名簿にする人がいるということですね」

「そうです。矢崎さんが、それをやらせていたんです」

「あなたは、たとえば長野市のある高齢者の身辺データをつかんで、それを文章化したんですね」

「はい。メモしてきたのを、清書して、彼に渡していました」

それはどんなふうにかをきいた。

彼女は薄く染めた髪に手をやると、自分がやっていたことを振り返っているのか、瞳を動かしメモの控えを持ってきた。

［K・A子、七十六歳。住所・長野市高田《たかだ》。木造二階建ての持ち家で同所に三十年居住。二年前に元公務員の夫を亡くし、現在は独り暮らし。長男五十一歳は市内平林《ひらばやし》に居住して市内牧田《まきた》病院に勤務する医師。

A子は夫が遺した美野島工業《みのしまこうぎょう》の株を所持していて、一年ほど前まで経済新聞に載る株式の動向に関心を持っていたという。一年前に足を骨折して、以来、杖《つえ》をついて自宅の周りを歩くのが精一杯になったらしい。以前はたびたび映画を観にいっていたというが、最近は屋内にこもりがち。市内に住んでいる長女が、ごくたまにようす伺いに訪れているもよう」

［H・M江、七十八歳。住所・飯田市小伝馬町《こでんまちょう》。木造二階建ての持ち家で同所に四十年以上居住している。M江は元看護師で市内の病院に約三十年勤務していた。元建設業の夫は三年前の大雨の日に、市内で交通事故に遭って死亡。以後、M江は独り暮らし。自宅のすぐ近くにアパートを二棟所有しており、月の家賃収入は約八十万円。M江は十年ぐらい前から絵を描きはじめ、市役所や病院に作品を寄付していたが、最近は手が震えるといって、絵筆を持たなくなった。ときどき近所の人に、外国を旅行してきた夢をよく見る、と話すという」

「高齢者の身辺データを集めたものはリスト化されたにちがいない。矢崎さんはそれをどんなふうに取り扱っていたのでしょうか」

「それを引き取る人がいるということでした」

「買い取る人か組織があったということですね。それは、どこにいる人だったか知っていますか」

「そこまでは知りません。わたしがきかなかったので話さなかったのかもしれませんが」

「そのリストは、犯罪に使われるものだったとは思いませんでしたか」

「高齢者が使う物とか、栄養剤のような物を売るためと思っていましたけれど……」

彼女はそこで口を閉じた。

「そうではないのではと気付いたんですね」

「はい」

彼女は俯いて小さい声で返事をした。

「長野市のK・A子と飯田市のH・M江の身辺をあなたが調べたのは、いつでしたか」

「一年ぐらい前です」

「最近は……」

「母のことが心配なので、遠方へはいけないと彼にいいました」

「矢崎さんは、なんていいましたか」

「なにもいいません。調査の仕事をさせなかっただけです」

矢崎は古物商だったのを道原は思い出し、千波に、それを知っていたかときいた。

「彼の話をきいて知りました。使い古された物を欲しがる人はいるもので、疵《きず》さえなければ高値で売れるといいました。それをきいて私は、物置きに大きい瓶《かめ》や鉢がしまわれているのを思い出して、見てくださいといいました。彼はここへきて物置きのなかの物を見てくれました」

「瓶や鉢を買い取ってくれましたか」

「いいえ。最近は場所をとる物は買い手がつきにくいといって、買ってくれませんでした」

「お宅にはどうして古い瓶などがあるんですか」

「父の道楽だったんです。母がいうには、古そうな壺でも見ると、無性に欲しくなる人だったようです」

彼女は白い顎の下で手を組み合わせた。その顔は世間ずれしていないように見えた。

彼女は、矢崎とすごしたときでも思い出したのか、目に涙をためた。

「矢崎さんは、どんな人でしたか」

道原は声を低くしてきいた。

彼女は指で涙を払うと、はにかむような表情をして、

「わたしにはやさしくて、気遣いのある人でした」

と、いくぶん声を震わせ、

「古物を扱っていたからでしょうか、よく美術展を見にいっていました。わたしは東京の美術館へ何度か連れていってもらいました」

「どんな美術品を……」

「主に絵画です。ヨーロッパの有名画家の絵画展は、二日にわたって鑑賞しました。……あ、思い出したことがあります」

彼女は涙を指で拭うと目を見開いた。

「東京のデパートで、焼き物の展示即売会を見ているうちに、彼はさかんに首をかしげるようになりました。展示されている茶碗や壺は、唐津《からつ》風や、備前《びぜん》風、志野《しの》風でした。一人の陶芸家の作品ということでしたが、その点に彼は疑問を持ったんです。その陶芸家の経歴などがパンフレットに印刷されていました。それを見ると窯元《かまもと》は山梨県笛吹《ふえふき》市でした。デパートで展示会を見たその日のうちに、彼はわたしを連れて、列車で笛吹市へいきました。タクシーの運転手は陶芸家の自宅を知っていました。矢崎さんは、タクシーの車内にわたしを残して、陶芸家の日常などを近所の人にきいているようでした。……タクシーへもどってきた彼は、『やっぱり怪しい。窯はあるらしいがそこから煙が昇るのを見たことがないという人ばかりだ』といいました。彼は、一人の陶芸家がひとつの窯で、何種類もの異なった焼き物をつくれるわけがないというのでした。たとえできたとしても、そこには作者の色が存在しているものだか、それがなくて、ちぐはぐだ、ともいいました。彼はなにかに取り憑《つ》かれたように、次の日、展示即売会をやっているデパートへいき、係の人を呼んで疑問を話したのです。係の人は彼の話を熱心にきいたということですが、展示即売会はその日のうちに閉幕になりました。あとで分かったことですが、彼と同じような疑問を抱いた人がいて、その陶芸家が焼いた物かどうかを調べたほうがいい、という忠告があったそうです。デパートは、外商部を通じて何点かを顧客に売っていたので、回収手段をとったらしいということでした」

「ほう。陶芸家はどうなったんでしょうね」

「デパートが詳しく調べた結果、本人の作品でないことが分かったので、詐欺罪で訴えたそうです」

「矢崎さんは、知識の豊富な方だったんですね」

「古物を扱っていたからではないでしょうか」

千波はそういうと、また目に涙の粒をためた。

第五章　黒い海底

1

道原と吉村は、住田千波の話をきいて署にもどると、長野市の警察に電話した。

長野市高田にK・A子という女性が住んでいるはずだが、その人の暮らしに最近変化が生じていないかという問い合わせをした。十分後、長野署から問い合わせについての回答の電話があった。

「K・A子、七十七歳は今年の一月、キャッシュカード二枚を騙《だま》し取られ、計七百万円を引き出される特殊詐欺事件に遭った」

次に飯田署へ、市内小伝馬町にH・M江という女性が居住しているはずだが、その人の暮らしに最近変化が起きていないかという問い合わせをした。十分後、その問い合わせについての回答があった。

「H・M江、七十九歳は今年の一月、全国保証会社組合員などを名乗る電話を自宅で受け、『預金を不正に引き出される犯行が多発しているので、暗証番号を変更したほうがいい。変更手続きのためカードを預かりにいく』といわれ、自宅を訪れた男にカードを手渡した。後日、五百五十万円が引き出されていた」

矢崎武敏は、特殊詐欺事件に使われる名簿づくりをしていたらしいことが分かってきた。彼が約四年間住んでいたマンション・マウンテンドの部屋を調べたところ、長野県では長野市、上田市、諏訪市、飯田市などに住む者の氏名が記載された名簿が見つかった。電話帳を写したものなのか、氏名と住所と電話番号のあとに二桁の数字が入っている。どうやらそれは年齢のようだった。その名簿から女性と思われる氏名のうち、65以上の数字が入っている人だけを抜き出した名簿があった。それは高齢者を示すものだろう。たとえば［山田花子《やまだはなこ》（69）飯田市今宮町《いまみやちよう》　電話○二六五――］とある。これを携《たずさ》えて、職業や生活状態や人柄や資産などを聞き込みで調べ、最終的には「有力」と認めた者だけの名簿をつくり、それを何者か、あるいは組織に売り渡していたのではないか。

つまり手あたり次第に電話を掛け、感度のよさそうな者にだけ攻撃をしかける振り込め詐欺の一歩先をいった、ターゲットを絞る支援だった。

矢崎の部屋の固定電話の通信記録から、たびたび通話をしていた者の番号が分かった。宮坂《みやさか》マツノといって住所は松本市浅間温泉《あさまおんせん》。

道原と吉村は宮坂マツノに会うために署を飛び出した。浅間温泉は高台だ。安曇平野を越えて蝶ヶ岳《ちょうがたけ》や常念岳《じょうねんだけ》が見えたが、山脈の頂稜に薄黒い雲が帯のように広がっていた。［宮坂］の控え目な表札の出ている家は旅館にはさまれていた。左側の旅館から立ち昇っている湯煙は宮坂家の屋根を這っている。

吉村がインターホンを押すと、「はあい」と、女性の声がした。警察の者だというと、応えが返ってこなかった。吉村はあらためてインターホンに呼び掛けた。

コーヒーのような色の玄関が開いて、栗色の髪の女性が顔をのぞかせた。四十代前半見当だ。なにもいわなかった。

吉村は一歩ドアへ近寄って身分証を見せた。ドアを広く開いた女性は赤いセーターを着て顎を震わせていた。

「宮坂マツノさんですね」

道原がドアに近寄ってきいた。

彼女は震えながらうなずいた。

「矢崎武敏さんを知っていましたね」

その質問にも彼女は首を縦に動かした。ききたいことがあるというと、彼女は「どうぞ」と口だけ動かした。

玄関ドアは新しそうだったが、屋内は古ぼけていた。上がり口は一段高く、廊下が奥へ延びていた。その廊下の中央に真っ黒い猫がすわって、玄関のほうを向いていた。目は金色だ。この家には宮坂マツノ以外には人がいないのだろうか。

彼女は履いていたつっかけを隅によせると、上がり口へ正座した。道原は板の間に腰掛けた。吉村はたたきに立っている。靴箱の上に錆色《さびいろ》をした一輪挿しがあり、その上に円形の額があって毛筆の色紙が入っていた。

[通らねばならぬ道あり寒月夜　きりしま]

「どなたの句ですか」

「矢崎さんが、清里《きよさと》にお住まいの小説家の方にいただいて下さったものです」

きりしまという小説家の名は浮かばなかった。たぶん俳号だろうと思われた。

「矢崎さんが事件に遭ったことはご存じですね」

「はい。テレビのニュースで……」

「矢崎さんとは、どういう知り合いでしたか」

見当はついていたが道原はきいた。

彼女は上目遣いになって、仕事をいただいていた、と答えた。

「どんな仕事ですか」

彼女は俯いて首を横にした。答えづらいといっているようだった。

「私たちは、殺人という重大事件を調べているのですから、協力してください」

「わたしは、罪になるのでしょうか」

「どういう仕事をしていたのか、答えてください」

彼女は背中でも掻《か》くように上半身を左右に動かした。

「矢崎さんからファックスで送られてくるものを、パソコンで清書していました」

「矢崎さんが送ってよこしたのはどういうものでしたか」

「各地のいろいろな人の職業や資産や暮らしぶりをまとめたものでした」

「各地というと……」

道原たちには彼女のやっていたことは分かっていたが、彼女にいわせることにした。

「東京や横浜や埼玉県や、それから長野市や飯田市の人です」

「何度も送られてきていたんですね」

「三十人か四十人ずつでした」

「あなたはそれを、いつからやっていたんですか」

「四年ぐらい前からです」

矢崎とはどこで知り合ったのかをきいた。

「裏町《うらまち》のバーです。その店にわたしは勤めていました。矢崎さんはちょくちょく飲みにいらっしゃっていました。カウンター越しに話しているうち、『仕事があるんだがやってみないか』といわれ、あらためて店以外のところで会って話をきいて、引き受けることにしたんです」

「バーのほうは、どうしましたか」

「いまも週に三回はいっています」

矢崎が清書を依頼した資料は、どういう性質のものか知っていたかときいた。

「初めのうちは、なにに使う名簿なのか分かりませんでしたけど、何度か清書しているうちに、もしかしたらって思うようになりました」

「なにに使うのかが分かりましたか」

道原がきくと、彼女は唇を噛んで黙ってしまった。

「名簿をどう使用するかを、矢崎さんにきいたのでは……」

「きいたことはありません」

「あなたの想像をいってください」

「いいことには使われていないと思いました」

「あなたが清書した名簿を、矢崎さんが使っていたとは思えない。だれかに、あるいはある組織に与えて矢崎さんは報酬を得ていたものと思われる。どこのだれに渡していたのかを知っていますか」

「知りません。わたしは、清書していただけです」

彼女は首を小きざみに振った。

奥のほうで物音がして、「ただいま」という声がした。少年の声にきこえた。

「子どもです。中学生です」

彼女は奥を向いたが、すぐに姿勢を直した。

「ご主人はお勤めですか」

よけいなことだと思ったがきいてみた。

「別れたんです。もう五年になります」

彼女は顔を伏せるようにして答えた。

道原は、矢崎が遭った事件に触れ、仕事に関係のある者に殺られたと思うかときいた。

「わたしは、テレビで事件を知ったとき、矢崎さんと焼き物をやっている人とのトラブルを思い出しました」

「焼き物をやっている人とは……」

「高野院永久《こうやいんえいきゅう》という陶芸家です。東京・銀座の有名デパートを騙して陶芸品の展示即売会をやった人です。週刊誌にも載っていました」

詐欺師のような陶芸家の話は、住田千波にもきいたが、マツノはその男のべつの面を知っているようだ。週刊誌から高野院が松本市に住んでいることをつかんで、矢崎は彼の住所をさがしあてて会ったこともあったらしい。つまり彼がほんものの陶芸家ではなく、多少なり焼き物の知識を身に付けている程度だということを、矢崎は彼の身辺を精《くわ》しく調べて、それを知りたがっていたマスコミに提供した。そのことが高野院の耳に入り、『よけいなことをするな』とか、『目的はなんだ』と、ものすごい剣幕で怒鳴られたという。

矢崎はそのくだりをマツノに詳しく話したようだ。道原と吉村は、彼女の話にきき入った。

「高野院永久という名は、世間が認めたものではなくて、勝手に使っている名だったそうで、本名は田中永久《たなかながひさ》、北九州生まれで、わたしが話をきいた二年前は五十歳だったそうです。山梨県の笛吹市に自分で窯を築いて、そこと松本を往き来しているようなんです。……それはいまもつづいているんじゃないでしょうか」

「そこはどこか分かりますか」

道原がきいた。

「たしか美須々《みすず》だってきいた憶えがあります」

道原と吉村は、マツノのいったことをメモした。

彼女は天井を見上げていたが、

「テレビで矢崎さんの事件を知ったとき、もしかしたら犯人は、高野院さんじゃないかって……」

そういうと彼女は、左の手で口をふさいだ。自分の勘があたっていたらと思ってか、また肩を小きざみに震わせた。

道原は彼女の表情を見ながらこんなふうにも想像した。――矢崎が、詐欺師のような高野院の住所をさがしたり、彼の身辺を嗅いだりしたのは、自分が関係している仕事に一役買わせようとしたからではないか。ところが高野院は乗ってこなかった。それどころか、『おれのことを詐欺師だなんて呼んだな』と、拳を振り上げたり、『おれを甘く見るな』とでもいったのではないか。

矢崎は、住田千波のほかに二人の男を使って、名簿の基礎資料づくりの聞き込み調査をさせていたらしい。その男たちを知っているかとマツノにきいたが、知らないといった。マツノの話をきいていて分かったが、矢崎は彼女に資料集めを何人でやっているとか、出来上がった名簿をどうしているかなどは話さなかったようだ。

矢崎は仕事のことよりも、高野院永久に関することを詳しく語った。それは酒を飲みながらの話題には打って付けだったからではないか。

道原は、照明を落としたバーで、カウンターの内側に立っている女性に、グラスの氷を揺らしながら笑い話をしている中年男の姿を浮かべた。

2

役所で田中永久の住民登録をさがしたが見つからなかった。宮坂マツノの話では陶芸家の高野院永久は市内の美須々に住んでいるということだった。そこで朝から若い警官を動員して田中永久、あるいは高野院永久の住居をさがさせた。

捜索をはじめて二時間あまり経ったところへ、「高野院らしい男がときどき訪れている家が見つかりました」という連絡が入った。

美須々ケ丘《みすずがおか》高校の北側にある五島《ごとう》という元市議会議員宅の貸し家だった。五島家を訪ねた。エゾマツなどの樹木に囲まれた家はひっそりと静まり返っていて、不気味な感さえあった。ナナカマドの赤い実を横目に入れながら吉村が門のインターホンのボタンを押した。男のような太い声の女性が応えて厚い板のくぐり戸が開いた。丸顔の太った中年女性が出てきて用向きをきいた。

「お宅の貸し家に、田中永久、または高野院と名乗っている男性が住んでいます。その人のことをちょっと」

女性は無言でうなずくとくぐり戸を閉めた。

すぐに薄紫色のセーターを着た白髪の女性が顔を見せて、「どうぞなかへ」といった。

飛び石が並ぶ庭には、落葉が小さな山をつくっていた。

「お宅の貸し家に声を掛けましたが、留守だったようでしたので」

道原が、薄化粧の跡が見える白髪の女性にいった。その人は元議員の妻らしい。

「なにをお調べなんですの」

「田中、もしくは高野院という男の暮らしぶりを知りたいのです」

「そういう人には家を貸しておりません。なんですの、田中とか高野院とかいうのは」

「本名が田中で、陶芸家としての名が高野院なんです」

「いくつぐらいの人ですか」

「五十二歳のはずです」

「一週間ばかり前に一度見掛けましたが、その人がそうなんでしょう。背は高くないけど、小太りで、がっしりしたからだつきの人でした。その男の人が大月《おおつき》さんの家へ入っていきました。入っていく前にわたしの顔を見て、にっこり笑って頭を下げましたよ」

「貸し家を借りているのは大月さんという方なんですね」

「そう、大月ゆり子《こ》さんです。大月さんは、大名町通《だいみょうちょうどお》りでブティックをやっていますよ」

大月ゆり子は何歳かをきくと、正確な年齢は知らないが、四十を二つ三つ出たところだろうといった。

「こちらには長く住んでいるんですか」

「三年か四年です。大月さんは伊那《いな》の出身で、東京の学校を出て、東京で洋裁を習って、洋装店に勤めてから、松本へお店を出した人です。……家族ですか。いません。独り暮らしです。なぜ独りかなんてきけません。いいじゃないですか。女が一人で暮らしていても」

「そうですね」

道原は目を細めた。

「刑事さんは、高野院っていってる人を、陶芸家といわれましたけど、どこかで焼き物をしているんですね」

元議員の妻は首をかしげた。

「そのはずですが、どこで仕事をしているのかが分かりません。そこのところを詳しくきくために、住んでいるところをさがしていたんです」

「住んでいるところを、さがした。どこに住んでいるのか分からない人だったようですね」

「そのとおりです。山梨県に家を借りていますが、そこに住んでいるのかどうかも分かりません」

「なんとなく得体の知れない人のようにきこえますけど、大月さんはそんな人とどこで知り合ったのか」

彼女は頬に人差し指をあてた。

「奥さん。つかぬことをうかがいます」

道原があらためていうと、彼女はまばたきした。

「こちらに、妙な電話が掛かってきたことがありませんか」

「妙な、とおっしゃると……」

「金融機関だとか、金融庁の名簿に名前が載っているとか」

「その手の電話は何度か掛かってきたようですけど、お手伝いのマキさんがしっかりしていて、『いい加減にしなさい』っていって切ってしまうんです。たとえわたしが電話に出たとしても、騙されません。電話で詐欺をするなんて、いつだれが考えたんでしょうね」

道原と吉村は元議員の妻に礼をいって門を出ると、高い塀伝いに右に曲がった。左手のクルミの木の先に大月ゆり子が住んでいる平屋がある。その家の窓には灯りが映っていた。

「だれかいるらしいな」

その家の玄関ドアはヒノキの節を活《い》かした板を使っていた。インターホンがついていないので吉村が声を掛けた。

「どなたですか」

ドアの内側で男の太い声がした。

「警察の者です」

「警察……。なんの用です」

「ききたいことがあるんです」

「いま忙しいので、あとにしてもらいたい」

「あなたは、田中永久さんですね」

返事がない。三分経った。

「高野院永久先生ですね」

ドアが開いた。ずんぐりとしたからだをグレーのカーディガンと黒いズボンが包んでいた。なにかを読んでいたのか書いていたのか、胸にメガネを吊っている。

道原と吉村はドアのなかへ入った。田中のほかにはだれもいないようだ。たたきにはつっかけが一足そろえてあるだけだった。

「他人の家で、なにをしているんですか」

道原が出し抜けにきいた。

「仕事をしているんです。他人の家なんていわないでもらいたい」

「ここは、大月ゆり子さんの住まいじゃないですか。彼女とあなたはどういう間柄なんですか」

「どういう……。親しい間柄ですよ」

「あなたはここで、どういう仕事をしているんですか」

「そんなことを、答える必要はない」

「いや。答えてください。警察は市民の生活と安全を守る義務がある。怪しいことをやっている者は取り締らなくてはならない」

「あんたはさっき、私の名を呼んだ。職業を知っていたので名を呼んだんでしょ。私は、陶芸家です」

「どこで制作しているんですか」

「山梨県」

「笛吹市ですね」

「知っているんじゃないか」

「そこには、窯の格好をしたものはあるが、煙が立ったことはないと付近の人にいわれている。そこで焼いたことはないんでしょ」

「近所の者は素人だから、焼き物のことなんか分からない。焼き物っていうから、煙がもうもうと出るものって思っているんだろ」

道原は笑うかわりに咳払いをした。

「焼き物についての造詣《ぞうけい》がないと、東京のデパートの目利きを騙すことはできない。どこで身に付けたんですか、焼き物の知識を」

道原は一段高いところに立っている田中をにらんだ。

「萩《はぎ》市に井ノ口泥秀《いのぐちでいしゅう》という萩焼の巨匠がいる。私はそこで修業を積んで、一人前になった。初めは生活用品を焼いていたが、十年前から茶陶を焼くようになった。私の作品は、文禄《ぶんろく》・慶長《けいちょう》の役《えき》によって連れてこられた朝鮮陶工の李勺光《りしゃっこう》の影響が濃いといわれている。……そんな話をしても、あんたたちには分からないでしょう」

「分かりません。分からないが、東京のデパートを騙して、器の展示即売会をやった。ところがいろんな土地の焼き物に似た作品があるのを、見学にきた客に見破られてしまったんでしたね。あちらこちらの窯で焼かれていた器を買ってきたか、もらってきたんでしょ」

「失礼な。展示されていたのは、すべて私の作品です。展示即売会をデパートでやったのが、まちがいだった」

「デパートとの紛争は解決しましたか」

「そんなこと、答える必要はない。帰ってください。だいいち、あんたたちはなにしにきたんです」

田中は力足を踏むような格好をした。

「どんな仕事をしているのか、それを知りたかったんです。仕事なら、それを教えられるでしょ」

「焼き物のデザインを考えて、それを描いているんです。そんなことを、知識のない者に説明するのは、嫌だ」

「描いたものがあるのなら、見せてくれてもいいじゃないですか」

「見せたくない。帰ってくれ。早く」

田中は目尻を吊り上げ、黒い靴下の足で床を強く踏んだ。

道原は、出直す、といって背中を向けた。吉村はなにかいい返そうとしたらしいが、奥歯を嚙んで、田中をひとにらみした。

3

松本城に近い目抜き通りで、大月ゆり子がやっている「ロレーヌ」という洋装店を見つけた。婦人服が何着もハンガーに吊ってある。

棚には黒と茶のバッグがのっている。試着コーナーにはクリーム色のカーテンが垂れていた。

茶色の地に黄色の縦縞のワンピースの大月ゆり子は、店の奥で椅子から立ち上がったが、道原たちが刑事だと知ると顔を強張らせた。美須々の家主がいっていたとおり四十歳見当の細身だ。眉を細く長く描き、目を大きく見せる化粧をしている。

彼女の後ろではミシンを動かしている女性がいた。三十歳ぐらいのその人は、道原たちをちらりと見たが、すぐに顔を俯けた。仕事に集中しているようだ。

道原が、美須々の家で田中永久に会ってきたことを告げた。

「外で田中さんといっても返事がなかったので、高野院永久先生と呼んだら、玄関を開けました」

道原がいうと、大月ゆり子は口に手をあてて笑った。彼女は、田中が高野院という名を使っているのを知っているようだ。

「田中さんは、仕事が忙しいといっていましたが、どんな仕事をしているんですか」

道原がきくと、彼女は後ろを向いて、「ちょっと出掛けます」とミシンを操作している女性にいった。どうやらきかせたくない話があるようだ。

三十メートルほど城のほうへ寄り、銀行の脇で向かい合った。

「あの人は、いまやっている仕事をわたしには話してくれません」

彼女は頬に手をやって細い声で話した。

「話してくれないとは、妙ですね。でも、どんなことをやっているかあなたには見当がついているのではありませんか」

「調べものをしているようです」

「調べもの……」

「出掛けていって、なにかを調べてメモを取っているらしくて、帰ってくると、それを書き直しているようなんです」

田中は、座卓を壁ぎわに押しやり、それに向かってポケットノートを見ながら熱心に書きものをしているという。いったん出掛けると二、三日、あるいは五、六日帰ってこない。帰ってくるとすぐに机に向かうのだという。

「田中さんは、私たちには、焼き物のデザインを考えているとか、描いているといいました。そういう仕事を見たことがありますか」

「ありません。焼き物についての話を彼からきいたことはありますけど」

田中とはどこで知り合ったのかをきいた。

「わたしは四年前まで東京の渋谷の洋装店に勤めていました。いつもお昼ご飯を午後二時ごろ決まった店で食べることにしていました。彼もその店の常連で、何度か顔を合わせているうちに話をするようになったんです」

「そのころ田中さんはなにをしていましたか」

「わたしが勤めていたお店の近くのビルにある、カーニバルなんとかいう広告代理業の会社の社員でした」

「広告代理業。……田中さんは山口県の萩市の窯元で焼き物を習って、高野院永久を名乗って独立した陶芸家だといっています」

「焼き物の修業をしたのは事実だと思います。焼き物の話をするときは目付きがちがいますし、歴史の知識にも通じています」

東京のデパートとの紛争を知っているかときくと、デパートと組んだのが失敗だったと、悔しげに話したことがあったという。

「あなたは田中さんの経歴を詳しく知っていますか」

道原は、彼女の細く描いた眉を見ながらきいた。

「詳しくはありません。北九州の小倉の生まれで、高校を卒業すると、焼き物の修業に山口県へいったときいたことがありました。二十五歳のときに結婚して、男の子ができたけれども、三十歳のときに離婚したともききました」

「あなたと一緒に暮らすようになったのは、いつからですか」

「三年ほど前からです。一緒に暮らしているっていう実感はありませんけど」

三人が話し合っている前を外国人の団体が通った。これから松本城を見学する人たちなのだろう。

「田中さんは、高野院永久の名で、山梨県の笛吹市に一戸建ての家を借りて、そこには窯を築いているらしい。近所の人の話では、その窯からは煙が上がったことがないそうです。笛吹市に窯があるという話をきいたことがありますか」

「山梨にいたことがあるときいた憶えはありますが、窯があるとはきいていません。あのう刑事さん、田中は、よくないことでもしているんですか」

「仕事が忙しいといっていましたが、どんな仕事をしているのかを正確に話してくれない。その点が……」

道原は首をかしげ、田中の経済状態をきいた。

「旅行に出るとき、わたしに十万円ぐらい借りていきますが、帰ってくると返してくれます」

「田中さんの預金通帳を見たことは……」

「持っているのでしょうが、見たことはありません」

「出掛けるときは、あなたからお金を借りていくということは、経済的に余裕がないのではありませんか」

「そうだと思います」

「あなたは彼からお金をもらうことは……。たとえば家賃の何分の一とかの金額を」

「ありませんし、わたしが要求したこともありません。……家賃の半額ぐらいを、出してっていうべきでしょうか」

彼女はグリーンの宝石の指輪をはめた手を頰にあて、つぶやくようにいった。

道原は答えず、美須々の家で会った田中永久の顔と姿を思い出していた。そして彼が壁を向いて熱心になにかを書いている姿を想像した。田中は三、四日、あるいは五、六日いなくなるという。その間、どこでなにをしているのかを知りたくなった。笛吹市に一軒屋を借りて窯を築いたというが、現在もその家を借りているのだろうか。陶芸家のポーズを維持するためには窯のかたちをしたものが必要なのかもしれない。

大月ゆり子と別れると道原は、

「あした、笛吹市へいってみよう」

と、吉村にいった。

「いってみましょう。田中永久が仕事と称してなにをやっているかが分かるかも」

吉村はお城のほうを向いていった。

道原は久しぶりに午後七時に帰宅することができた。妻と娘と一緒に夕食をとるのも十日ぶりぐらいではないか。

一人娘の比呂子はキッチンテーブルで、「お帰りなさい」といったが、浮かない顔をしている。きょうは学校で大学受験志望者に対しての模擬試験が行われた。「国語」でことわざと故事を解く問題があったのだが、一つも解けなかったといって、帰宅してから泣いたのだと、妻の康代《やすよ》が比呂子を見ながらいった。

「どんな問題だったんだ」

道原がきくと、比呂子はノートにはさんでいたプリントを見せた。

［青は藍《あい》より出《い》でて藍より青し」

［危急存亡の秋《とき》」

［梅檀《せんだん》は双葉より芳《かんば》し」

「三題とも意味が分からなかったのか」

「分からなかった。お父さんには分かるの」

比呂子は、べそをかいているような顔をした。

「青は藍よりは、弟子が師よりぬきんでたり、教えた人よりも教えられた人のほうが、まさってしまうたとえだ。［出藍《しゅつらん》の誉れ」ともいう」

「ふうん。やっぱり知ってたんだ」

「危急存亡は、危険が目前に迫り、生きられるか滅びるかの岐路に立たされているとき。秋は、重大な時機の意味」

「ふうん」

「梅檀は、大成する人は、幼いときからずばぬけたところがあるのたとえ。梅檀は芽ばえた双葉のときから芳しい匂いを放っているからだ」

「みんなが知っていることなんだ」

「みんなかどうかは分からんが、よく知られていることわざだよ。意味を知っておかないと、これから恥をかく」

「伏見さん、知っていたかしら」

「知っていると思う。彼は京都大学《きょうとだいがく》を優秀な成績で出ているし、常識の心得もある男だ。だけど試したりするんじゃないぞ」

比呂子は、こっくりとうなずいた。彼女は康代にもことわざの意味をきいたらしい。康代は、[梅檀]を知らなかったといったが、[角《つの》を矯《た》めて牛を殺す]ということわざを知っているといった。

4

三船課長に、笛吹市へいくと告げると、

「伝さん。いまこの帳場は、北穂で殺された門島由紀恵事件を扱っているんだよ」

「分かっています。由紀恵事件に関係があるかどうかを調べるのも……」

道原は立ったままいった。

「陶芸家だの高野院だのと名乗っている男は、由紀恵とどこで関係があるんだね」

「彼も北九州市の出身です。それに、矢崎武敏と同じようなことをやっていたんじゃないかって、にらんでいます」

課長はメガネの縁に指を触れたが、なにもいわなかった。吉村は一足先に刑事課を出ていった。

「いってらっしゃい」

シマコが道原の背中へいった。

吉村が運転する車は中央自動車道《ちゆうおうじどうしやどう》を南へ向かって走った。右の車窓に諏訪湖《すわこ》がちらりと映り、白い観光船が浮いているのが見えた。左の車窓はすぐに八ヶ岳を映し、右側には甲斐駒ヶ岳《かいこまがたけ》の巨体があらわれた。甲府盆地を通り抜けると、車窓の両側にはぶどう園が広がった。いまはぶどうの収穫期ではないだろうか。

高速道を下りると笛吹川《ふえふきがわ》に沿って北へ走った。石和《いさわ》温泉の看板がいくつも目に入った。石和温泉は、昭和三十六年、ぶどう畑から突然温泉が湧き出して有名になった。現在は近代的なホテルが建ち並び、温泉施設のほかに美術館などもある。

ぶどう園で作業している人に尋ねて高野院永久が借りている家を見つけることができた。そこは笛吹川の北側で、JR中央本線《ちゆうおうほんせん》に近い老朽した一軒屋だ。木造の門があるが、少しかたむいている。門を支えている柱には［高野院窯］という表札が貼り付いていた。門の横にはガレージがあったが車は入っていなかった。

門柱のインターホンを押した。だれもいないらしく応答がないので、くぐり戸に手を掛けた。施錠されていなかった。庭へ入ってみた。朽《く》ちた塀ぎわには雑草が生い茂っている。その草叢《くさむら》のなかに板葺《ぶ》き屋根の小屋が見えた。母屋は一部二階建てでわりに広い。二階の窓はガラス戸だが一階は雨戸で閉じられている。

道原と吉村は小屋へ近づいた。小屋の周りの草は踏まれていない。主《あるじ》が不在だからだろうか。小屋は華奢《きゃしゃ》な造りで、丸太を立てただけの柱はかたむいている。窯があった。粗末なつくりだ。それに小さい。火口に焦げ跡はあった。木口をそろえた薪の束が三つ積まれている。直径五十センチほどの瓶があるがそれの底には水がたまっていた。雨漏りの水らしい。

「焼き物をしているらしい体裁をととのえたんだろうな」

道原がそういったところへ、車がとまる音がした。ガレージに車が入ったようだ。

白い帽子をかぶった女性がくぐり戸を入ってきた。庭の小屋の前に男が二人いたからか、女性は驚いたというふうにバッグを持った手を胸にあてた。目を丸くして唇を少し開いている。

道原は軽く頭を下げると、身分証を見せながら女性に近づいた。車をガレージに入れたのだからこの家に住んでいる人ではないか。

「長野県の警察の者ですが、だれもおいでにならないようでしたので。……あなたここにお住まいになっている方ですか」

「はい」

女性はかすれ声で答えた。

おとなしげな顔立ちをしている。身長は一六〇センチぐらいか。痩せぎすで四十歳見当だ。

「この家は、高野院永久さんが借りているところですね」

「はい」

「高野院永久さんの本名をご存じですか」

「田中永久さんです」

「職業を知っていますか」

「陶芸家です。いまは陶芸のほうは休んでいます」

「休む前は、どこで焼いていたんですか」

「北九州の小倉というところだそうです」

そこへいったことがあるかをきくと、彼女は、「いいえ」と答えた。

「あなたのお名前を教えてください」

道原がいうと彼女は、二人の刑事の顔を見てから岸本靜香《きしもとしずか》だと答えた。

「あなたの出身地はこの辺ですか」

「北杜市《ほくと》です。五年ほど前まで石和温泉のホテルに勤めていました」

高野院とは石和温泉のホテルで知り合ったのかときくと、彼女は小さくうなずいた。

「あなたは、この家に住んでいるんですね」

「はい」

「この家は、高野院さんが借りているんですね」

「そうです」

「高野院さんは、松本に住んでいますが、それはご存じですか」

「松本に……。そんなはずはありません。松本にいるのだとしたら、松本かその付近で仕事をしているのでしょう」

「それでは高野院さんは、ときどき帰ってくるんですね」

「仕事の区切りがつくと帰ってきます」

四、五日ここにいて、また地方へ出掛けていくと答えた。

道原は、高野院は松本市美須々の女性の家にいるといいかけたが、突き上げてきた言葉を呑み込み、彼はどういう仕事をしているのかを知っているかときいた。

「日本《にほん》福祉《ふくし》協《きょう》議《ぎ》連合会《れんごうかい》の仕事をしています」

ぽつりぽつりと大粒の雨が落ちてきた。岸本靜香は家のなかへ入ってくださいといって、玄関の引き戸を開けた。

たたきは広く、靴箱も大きい。彼女は奥へ延びている廊下へも電灯を点け、腰高の障子を開けるとテーブルのある部屋へ招いた。そこの奥がキッチンで、食器棚と鍋や食器が見えた。

「日本福祉協議連合会とは、なにをしている団体ですか」

道原は小首をかしげながらきいた。吉村はノートにペンを構えている。

「東京に本部があって、全国の高齢の方の、資産管理の方法や、資産運用についての助言や、あるいはトラブル処理をする組織だそうです。高野院さんはその会員を集めるための資料づくりをしているんです」

「会員を集めるための資料……」

「全国をまわって、六十歳以上の方の所有資産や生活状態や、それから健康状態なんかを調べているんです。それが百人ぐらい集まると、ここへ帰ってきて、メモを整理して、わたしにパソコンで清書させるんです」

浅間温泉の宮坂マツノがやっているのと同じではないか。高野院は、矢崎武敏と愛人の住田千波がやっていたのと同じ調査をやっているような気がする。

「あなたが清書したのを、高野院さんはどうするんですか」

「本部へ納めているのだと思います」

「あなたは、本部の所在地を正確に知っていますか」

彼女は、二人の刑事の顔を見ながら不安そうな目をして、知らないといった。

彼女が最近整理したものがパソコンに残っているはずだから、それを見せてくれないかと道原がいった。

彼女は、ますます不安げな表情をして、廊下をまたぐと腰高の障子戸を開けた。パソコンは緑色のカバーをかぶっていた。

［T・A子85　名古屋市瑞穂《みずほ》区　夫は玩具製造工場を経営していたが廃業して、十年前に死亡。夫の保険金約一億円を本人が受領。息子が一人いたが、四年前にアメリカで交通事故に巻き込まれて死亡。本人には映画鑑賞の趣味があったが、三年ほど前から認知症気味になり、めったに外出しなくなっている。亡くなった息子の妻と、その子どもがときどき本人を見舞っているもよう］

彼女がこれまでにパソコンで清書した人数は一千人以上だという。

高野院が名簿を納めていたという、日本福祉協議連合会の本部の所在地をどうしても知りたかった。それを彼女にいうと、高野院が使っているデスクの引き出しを開けたが、見つからなかった。

「高野院さん宛てに、郵便物が届いたことはありませんか」

「なかったと思います」

彼女は首をかしげてから小さい声で答えた。

道原は、「失礼だが」と断わって、彼女の年齢と経歴をきいた。すると彼女は三十九歳だといい、五年前に夫と離婚したことと、現在高校生の娘がいる。娘は市内の実家で祖父母と暮らしている、と答えた。

「なぜ離婚なさったんですか。さしつかえなかったら……」

道原がきくと、彼女は俯いて首を横に振った。答えられないのかと思ったら、

「付合っているうちは分からなかったのですが、結婚してから、遊び癖があるのを知ったんです」

「遊び癖とは、どんな……」

「建設現場で働いている人でしたけど、休みの日は朝からパチンコをやりにいくんです。一日中タバコを吸いながらパチンコをやって、夜十時すぎに一杯飲んで帰ってきました。一日に七万円ぐらい損をすることがしょっちゅうありました。わたしがパチンコをやめてといったら、一週間は我慢していたようですけど、一日だけやってくるといって出掛け、その日も六、七万円負けたのです。その負けを取り返そうとするのか、次の週からまたパチンコ店へ通うようになりました。……何回いってもやめないので、わたしは娘を連れて実家へいっていました。でも夫はわたしと娘にもどってこいといわないし、電話もよこしませんでした。わたしたちの結婚生活は十四年間でした。わたしが、別れたいといったら、夫は、そうかっていっただけで、借りていた家を出ていきました。彼はわたしに飽きたようでした」

彼女は、締め切った雨戸のほうを向いた。

道原たちは岸本靜香から、パソコンで清書した高齢者の男女十人の内容をプリントしてもらった。それは愛知県の名古屋市、春日井《かすがい》市、瀬戸《せと》市に住んでいる人たちだった。

道原は彼女に、報酬か家賃を受け取っているのかをきいた。

「半年に一度ぐらい、まとまった金額をいただいています」

そういってから彼女は、なにかを思い付いたように俯いていた顔を起こすと、

「刑事さんは、高野院さんは松本に住んでいるとおっしゃいましたね」

と、眉に変化を見せた。

道原は、「そのとおりだ」と、首で返事をした。

「もう、ここへは帰ってこないのでしょうか」

「帰ってきますよ、きっと」

彼女は、高野院は松本に独りで住んでいるのかとはきかなかった。だが彼女は、女性の影を想像していそうである。

「松本の家は、鉄道線路の近くですか」

妙なことをきいたので、道原は彼女の目をのぞいた。

「鉄道線路の近くとは、どうしてでしょう」

「高野院さんは、真夜中に、いくつもの車輛《しゃりょう》をつないだ貨物列車の通過を見るのが、好

きなんです。外へ見にいくこともありますし、家のなかで音をきいていることも……」

彼女は耳をすますようにまた雨戸のほうへ顔を向けた。

道原は、長い貨物列車を思い浮かべた。窓のない黒い車体に視野を奪われたこともあった。貨物列車は夜間に多く通る。高野院永久という詐欺師まがいの男は、真夜中に、ゴトゴト、ゴトゴトと線路を鳴らして通る黒い列車を眺めている。音をきいている。昔日《せきじつ》に貨物列車にまつわる記憶でもあるのだろうか。

5

道原と吉村は捜査本部にもどると、岸本靜香のパソコンから抜粋した愛知県の十人の住所を所轄する警察へ電話し、被害の有無を尋ねた。その結果、名古屋市のT・A子は、福祉なんとか連合会を名乗る男から電話を受け、自宅へ訪れた女にキャッシュカードを渡してしまい、五百万円を引き出されたことが数日後に判明するという被害に遭っていた。

春日井市で独り暮らしのS・K代、八十一歳は、インターホンに『玄関の鍵を取り替えにまいりました』と男にいわれた。『そんな憶えはない』とK代がいうと、『いいえ、きのうお電話をいただきました』といわれたので、男二人を玄関のなかへ招いた。すると男たちはK代の手足をロープでしばり、『現金を出せ』といった。彼女は財布に入れていた五万円と小銭を出した。男たちは二つの預金通帳とカードを出させ、暗証番号をいわせ、三日間のうちに約三百万円を引き出した。彼女は三日間、自宅で一人の男に監視されていた

――

道原たちがにらんだとおり高野院永久こと田中永久は、下関の海で無惨な死をとげた矢崎武敏と同じことを仕事としてやっていた事実が分かった。

矢崎と田中は、「カモリスト」と呼ぶ名簿を同じ人物、あるいは組織に納めていたことが考えられる。すると田中もいずれは抹殺される運命を背負っているのではなかろうか。

道原たちは、松本市美須々の大月ゆり子が借りている家に着くと、吉村がまた、

「高野院永久先生」

と呼んだ。きのうはすぐに玄関のドアが開いたが、きょうは何分待っても音ひとつしなかった。そこで大名町通りの洋装店「ロレーヌ」を訪ねた。きょうの大月ゆり子は襟の大きい白いブラウスに紺のスカートだった。彼女は客の応対をしていたので、道原たちは店からはなれた。近くのカフェからなのかほのかなコーヒーの香りが鼻をくすぐった。

ロレーヌの客は品選びをしているのか、店主のゆり子と長話をしているのかなかなか出てこなかった。道原と吉村は松本城見学に向かうらしい人たちをぼんやり眺めていた。

三十分あまり経ってロレーヌから客が出てきた。四十半ばに見える女性が、黒い大きめ

のバッグを腕に掛け、早足で道原たちの前を去っていった。

「金持ちの奥さんみたい」

吉村がその女性の後ろ姿を見ていった。

道原はゆり子を銀行の脇へ呼び出した。きょうの彼女は、眉間に皺を寄せていた。客との交渉がつまずいたのではないらしい。

道原が、美須々の家へいったが田中はいないようだった、というと、

「けさは、ご飯も食べずに出ていきました」

と、険のある声でいった。

彼女は、昨夜、店へ刑事が訪ねてきて、『あなたのことを根掘り葉掘りきかれた』と田中にいったことから、二人はいい合いになった。彼女は田中に向かって、『あなたは、どんな仕事をしているのか、人に説明できないのでは』といったという。すると田中は、『全国の高齢者が安全に生活できるように、所有資産を守ってあげる運動をしているんじゃないか。おれのやっていることに口出しはしないでもらいたい』と、目をむいて高い声を出した。『警察にそのことを明快に説明できるのか』ときいたところ、『警察はものごとを疑ってみているので、説明したところで理解は得られない』と反論した。

「わたしは彼に初めてお金のことをいいました。あなたはどういうところから収入を得ているのって」

「そうしたら……」

「日本福祉なんとかという団体へ『調査したものを届けると、その報酬を支払ってくれるんだ』と答えました。わたしには彼の説明が理解できないので、『要するに社会のためになるいいことをしているのね』といいました。彼はうなずいただけでした」

「けさは……」

「一言も口を利かず、旅支度をして六時ごろに出ていきました。ゆうべいいすぎたことを謝ろうとしましたけど、彼は、まるで逃れるように出ていってしまいました」

ゆり子はピンクのハンカチを取り出した。

「私たちは、笛吹市へいってきました。田中さんが高野院永久の名で借りている家へ寄ってきたんです」

道原は、ゆり子の反応を見ながら話した。

「窯があるというところですね」

「たしかに小さな窯がありましたが、焼き物をしているようには見えませんでした」

「その家には、だれかいたのではありませんか」

彼女は迫るようないいかたをした。

「女の人がいました。その人は高野院さんの仕事を手伝っていました」

どんなふうに手伝っているのかと、ゆり子は目をすえた。

「高野院さんが調べてきたものというか、資料集めしてきたものを、パソコンで清書を」

「刑事さんは、彼が調べてきたものをご覧になったんですね」

「見ました」

それはどういう内容だったかを、ゆり子は目を皿にしてきいた。

「高齢者の身辺状態を、たぶん聞き込みで集めた内容でした。それが犯罪に使われていることも判明しました」

彼女は、ハンカチをきつくにぎると口にあてた。高野院のやってることを恨んでいるのか、それとも彼の仕事を手伝っている女性を恨んでいるのか、奥歯を噛む動きが頬にあらわれた。

「すみません。わたし、仕事がありますので」

彼女は頭を下げると、口にハンカチをあてて駆けていった。その背中は不安と怒りに波打っていた。


捜査本部にもどった道原と吉村は、高野院永久こと田中永久のやっていたことを三船課長に詳しく報告した。

「そいつを捕まえよう。犯罪の片棒をかついでいたんだから締め上げて、カモリストをだれに売っていたのかを聞き出す必要がある。……伝さん、その田中は、ひょっとしたら、もう大月ゆり子のところへは帰らないかも」

その可能性は考えられる、と道原はうなずいた。

ふたたび笛吹市へ向かった。諏訪市を越えたところで日が暮れ、左右の車窓に映っていた山脈はとばりを下ろした。岸本静香が住んでいる家までの道は暗かった。その家は切株を並べた田圃《たんぼ》や畑に囲まれているのをあらためて知った。

窓の一か所に灯りが薄く映っていたが、その灯は秋冷えに震えているように見えた。

少しかたむいた門を入ると吉村が、

「岸本さん」

と声を掛けた。

返事をためらっているように間を置いてから、玄関の引き戸が半分ほど開いて、岸本静香が顔をのぞかせた。

「夜分に失礼します。高野院さんに会いにきました」

吉村は一歩、彼女へ近寄った。

「高野院さんは、いませんが」

彼女は首をかしげて答えた。

「いない。高野院さんはけさ、松本の家を出ていきましたので、こちらへきているものと思ったんです」

「いいえ。きませんし、電話もありません」

テレビが点いているらしく、奥のほうで音楽が小さく鳴っていた。

道原は吉村の肩越しにたたきをのぞいた。赤い紐《ひも》のスニーカーとサンダルが並んでいるだけだった。

高野院はどこへ消えたのか。また高齢者の身辺調査に愛知県にでもいっているのだろうか。

道原が静香に高野院の電話番号をきいた。彼女は諳《そら》んじていないらしく、自分のスマホを持ってきて番号を読み上げた。

道原たちは不安げな表情の彼女に、夜間の訪問を詫《わ》びて、かたむいた門をくぐった。

車にもどると、彼女にきいたばかりの番号をプッシュした。

「はい」

低くて太い声が応じた。

道原が名乗って、高野院永久さんかときいた。

「あなたは……」

「松本警察署の……」

いいかけたところで電話は切れた。「用はない」とか、「話をしたくない」といっているようだった。

道原は同じ番号へ掛け直した。と、すでに電源が切られていた。警察官との接触を明らかに避けているらしかった。

捜査本部にもどったところで、高野院の番号へもう一度掛けたが、電源は切られたままだった。

シマコがコンビニから、のり巻きといなりずしを買ってきて、そこに集まっていた七人に向かって、「みなさん、どうぞ」といった。道原はのり巻きを一つ頰張り、渋茶を飲んだ。吉村は、いなりずしを二個食べた。

三船課長は、「帰る」といって、口を動かしながら椅子を立った。

「私たちはあした、高野院こと田中永久の経歴を調べにいきます」

道原が課長にいった。

「調べに、どこへいくの」

「北九州です。田中は小倉生まれなんです。高校を出てすぐに山口県の萩へいったようです」

「田中は、伝さんたちに犯罪の尻っぽをつかまれたことに気付いて、松本から逃げたにちがいない」

課長はそれだけいうと、片手を挙げて刑事課を出ていった。

道原は田中永久に会ったとき彼がいった言葉を思い出した。北九州生まれの田中は、高卒後、萩市へいき、井ノ口泥秀という陶芸家のもとで修業したということだった。

夜間だったが、萩市役所へ電話した。当直係らしい男が応じた。

道原は名乗ってから、萩には井ノ口泥秀という萩焼の巨匠がいるそうだがときいた。

「泥秀さんは、先年お亡くなりになりましたが、息子さんの泥光《でいこう》さんが跡を継いで、いいお仕事をなさっています」

泥光は五十代半ばだという。道原は井ノ口家の電話番号を教えてもらった。

事典を開いた。［萩焼　一六〇四年、毛利輝元《もうりてるもと》の萩入府に伴い、文禄・慶長の役によって連れてこられた朝鮮陶工・李勺光、李敬《りけい》兄弟が萩に移住。現在の萩市椿東《ちんとう》に御用窯を築いたのが萩焼のはじまり」

第六章　冬の足音

1

道原と吉村は、松本空港から福岡へ飛び、列車で小倉に着いてからレンタカーを借りた。小倉城に近い小倉北警察署は十数階建てのビルだった。二人は刑事課で安西《あんざい》という四十半ばの警部に迎えられた。

道原が、十日あまり前に北穂高岳への登りで発生した門島由紀恵の事件からはじまった今日までの捜査の流れを説明し、小倉生まれと思われる田中永久という男の足跡を追っていることを話した。田中は小倉で高校を出たあと萩市の窯元へいって、焼き物の修業をしたらしいことも話した。

「田中は、本名を使ったり高野院永久という名を使って、特殊詐欺に使用するカモリストをつくっていることをつかみました。われわれがその犯行を見抜いたのを知ったからでしようが、同居していた女性の家からいなくなりました」

「カモリストをつくっていた……」

高野院が笛吹市の岸本靜香に清書させていたリストの一部を、安西に見せた。

「振り込め詐欺をやっている者は、電話帳を見て、片っ端から電話を掛け、記憶などが怪しくなっていそうな応答をした人に、うまいことをいって、キャッシュカードを騙し取ったりしているのかと思ったら」

安西は熱心にリストを読んだ。

「電話帳を見て、片っ端から電話を掛けているグループもあるでしょうが、田中が関係しているグループは、元手をかけているんです。細かく調査したリストを使っているので、効率よく成果を挙げているんじゃないでしょうか。……九月九日に下関の海へ突き落とされて殺された松本市の矢崎武敏という名の男は、女性を使ってカモリストをつくっていました。つくったリストの納入先が、田中と同じなのかもしれません。二人からリストを受け取っていた人物、あるいは組織は、この北九州か下関にあるのではと私たちはにらんでいるんです」

安西は考えごとをするときの癖なのか、目を瞑って話をきいていたが、目を大きく開くと、田中永久の身元を調べさせるといって、立ち上がった。彼は壁ぎわの席のメガネを掛けた課員にメモを見せて話すと、道原たちの前へもどってきた。その安西に道原は、門島由紀恵の父親は七年前に、祖父は十二年前に、いずれも事件の被害者として死亡していることを話した。

「三代にわたって事件に」

安西はつぶやくように天井を仰いだが、思い付いたようにメモを取った。そのペンの動きは速かった。メモした用紙を持つと、また立ち上がり、今度は出入口に近い席の女性にメモを見せていた。

安西から指示を受けた女性は、黒い表紙のファイルを持ってくると、開いて見せた。安西はうなずいたり首を曲げながらファイルのなかの書類を読んでいた。それには門島誠治と門島孝光の事件が記録されていたのだろう。


メガネを掛けた課員がメモを手にして安西の横へ腰掛けた。彼はワイシャツを腕まくりしていた。公簿上の田中永久と親の現住所が判明したというのだった。

それによると永久の旧姓は白木《しらき》。一歳のときに田中夫婦の養子になっている。養親である田中一夫《かずお》は四年前に死亡しているが、一夫の妻まき子《こ》が、小倉北区砂津《すなつ》に居住。

道原と吉村は、田中まき子の住所を訪ねるといって立ち上がった。二人が乗った車はパトカーに誘導されて、砂津の田中家に着いた。

［田中］という小さな表札の出ている二階屋は老朽していて、道路の埃《ほこり》をかぶっている

ような色をしていた。インターホンを押したり声を掛けたが応答する人はいなかった。

刑事が掛けている声をききつけたのか、隣家の主婦が玄関ドアから首を出して、

「田中さんは入院しているんです」

といった。

「入院。どうなさったんですか」

吉村がきいた。

「転んだんです。買い物にいった先で、なにかにつまずいたらしくて。八十ですからね、しかたないです」

主婦の話しぶりから、まき子の日常に通じているように感じられた。

主婦は二人を吟味するように見てから、どんな用事かときいた。

道原は身分証を見せて、主婦の前へ近寄るとまき子の容態をきいた。

「つまずいて転んだ拍子に手をついたんです。それで足と手を骨折したんです。怪我をしたのは一週間ばかり前ですが、退院できるまではしばらくかかるでしょうね」

主婦は目の前の二人が刑事だというのを忘れたように早口で喋った。

「それはお気の毒です。田中さんは独り暮らしだったんですか」

「四、五年前に、ご主人が病気で亡くなってからは独りです。息子さんが一人いますけど、遠方に住んでいるんです。お母さんが怪我をしたのを知って、何日か前に帰ってきました。

きょうも病院へお見舞いにいっていると思います」

「息子さんは、永久さんですね」

「そうです。よくご存じですね。あ、警察の方でしたね。なにかを調べにおいでになったんですか」

「はい、ちょっと永久さんにうかがいたいことがあって……」

「永久さんに……。なにか悪いことじゃないでしょうね。永久さんは、お母さんにやさしくて、いい人ですよ」

主婦は、永久のことにも通じているようだったので、どんな人かときいてみた。

「永久さんの実の両親は、永久さんが赤ちゃんのとき、交通事故で亡くなったんです。小倉駅の近くでトラックと衝突したらしいです。両親は即死状態でしたが、永久さんは奇跡的に、無傷で助かったということです。……永久さんのお父さんと田中一夫さんが会社の同僚という縁で、永久さんを養子にしたようです。田中さん夫婦にはお子さんがなかったんです。……赤ちゃんのときから育てたので実の親子同然で、田中さん夫婦は永久さんをとてもかわいがっていたそうです」

永久は、高校を卒業すると萩市へ陶工の見習いにいった。両親は家をはなれることに反対だったようだが、永久はそれを押し切って焼き物の途《みち》を選んだらしい、と主婦は語った。

「それからのことはよく知りませんが、四、五年前、一夫さんが亡くなったとき、永久さんにどこ住んでいるのかってわたしがききましたら、たしか山梨県のなんとかいうところへ窯をつくって、そこで陶芸をしているといっていました。……永久さんはお母さん思いで、年に何度かは帰省しているようです。家庭があるんでしょうけど、奥さんやお子さんを見たことはありません。永久さんは腰が低いし、やさしそうですけど、まき子さんとは一緒に住まないので、他人のことながら、どうしてかって思っています」

主婦は、永久を指して、やさしい人だと繰り返した。松本市美須々の家で会った居丈高な永久とは、別人のようである。

まき子の入院先をきいた。新小倉病院《しんこくらびょういん》だと分かった。

病院を訪ねた。ナースステーションにいた看護師が飛び出すように出てきて、田中まき子の病室へ案内してくれた。

窓ぎわのベッドの老婆は白髪を枕に広げていた。丸顔だが頬がこけていた。

道原が顔を近づけて名乗ると、

「警察の方……」

とまき子はいって、顔を曇らせた。

彼女はサイドテーブルに腕を伸ばして、義歯を入れ、二つ三つ顎を動かした。

「お寝みのところを、申し訳ありません」

道原がいうと、

「起きていたほうがいいんです。昼間眠ると、夜が長くて」

「永久さんのことをうかがいますが、よろしいですか」

「警察の方が、永久のことを。いったいなにがあったんです……」

彼女は、利くほうの手で髪を掻き上げた。

「永久さんは、お母さんのお怪我を知って、お見舞いにきましたね」

「きのうきましたよ」

「きょうは、おいでになっていないんですか」

「これから、くるのかもしれません。……永久にどんなご用が……」

「ちょっと、話をききたいだけです」

「なにかあったんじゃないでしょうね」

「仕事の話をききたいだけです」

「永久は苦労して、陶芸家になったんです。家には、あの子が焼いた茶碗がいくつもあります。わたしはときどきその茶碗で、お茶をいただいています」

「永久さんは、どこで焼き物をなさっているのでしょうか」

「山梨県の笛吹市っていうところです」

「お母さんはそこへいったことがありますか」

「ありません。そんな遠いところへいくのは嫌ですので」

手足が痛むのか、彼女は腕をさすり、膝をつかんだりした。

「永久さんは、お母さんのお見舞いにこられたのに、どこへいったのでしょう」

「仕事があって、忙しいといっています。……小倉や博多にも、お得意さんがあるといっていますので、そこをまわっているんじゃないでしょうか」

「どのようなお得意さんなのかを、おききになったことがありますか」

「詳しいことは知りません。焼き物を納めている先だと思います」

彼女は、永久の話に疑問を抱いたことはないのだろう。頭から抜け落ちたらしい白い毛が一本、肩にのって震えていた。

2

道原と吉村は、田中まき子の病室を出ると、一階の待合室の椅子に腰掛け、出入口をにらんだ。田中永久は母を見舞いにあらわれるにちがいなかった。

田中は警察に、松本市美須々の大月ゆり子の自宅と、笛吹市の岸本静香が住んでいる家をつかまれたことを知っている。刑事がその二人の女性から、仕事と称してやっていることをきき出したことを知っただろう。

　彼が聞き込みで調べ、清書したものを、何者かの個人か組織かに納めている。彼から資料を受け取っている何者かは、この北九州市か下関市あたりに拠点を置いていそうだ。九月九日に下関の海へ突き落とされて死亡した矢崎武敏のほうが田中よりも仕事は大がかりのようだった。矢崎は多額の現金を身に付けて死んでいた。彼が作成したカモリストを受け取った者とのあいだにトラブルでも生じたのではないか。彼からリストを受け取った者は、それを特殊詐欺に使用していたことはまちがいない。当然だがその活動拠点は内密にされていた。が、矢崎の口から露見するのではとにらまれ、そのために抹殺されたことも考えられる。

　矢崎と田中からカモリストを仕入れていた人物、あるいは組織は同じなのか。それとも別べつで、偶然、拠点が北九州か下関だったということなのか。

　病院の待合室で約二時間張り込んだが、田中永久はあらわれなかった。

　夕方になった。待合室からは一組ずつが消えていって、隅の椅子にすわっているのは夫婦らしい男女だけになった。歳老いたその二人は、深刻そうな顔つきをして話し合っている。服装から男性のほうが病人だ。どこを病んでいるのか、胸に手をあてて女性の話すことにうなずいていた。病院の受付も支払い口も閉まった。長い柄《え》のモップを持った男が床の清掃をはじめた。

「田中は、われわれが小倉まで追ってくるのを察知したんじゃないでしょうか」

吉村が出入口のほうをにらみながらいった。

「そうだな。おれたちが、大月ゆり子と岸本靜香に会ったのを知ったにちがいない。二人の話から、仕事だといってやっていたことも知られただろうと勘付けば、もう二人のところへも寄り付かないかも。きょうはこの病院へもこないような気がする」

出入口のシャッターが半分下ろされた。入院患者を見舞いにくる人たちの出入口は裏側だった。道原たちは裏側の出入口が見えるところに、ほぼ一時間立っていたが、田中はやってこなかった。

小倉北署へもどった。安西警部に田中永久について話し、彼の所在や行方をつかむ方法を相談するつもりだったが、刑事課の雰囲気が数時間前とはちがっていた。七、八人が立って安西の話をきいているようだった。道原たちは刑事課の隅で安西の指示がすむのを待った。立っている課員のなかに女性が一人まざっていた。
十五、六分で安西の指示は終わった。刑事課には二人が残った。他の課員は眉を吊り上げて出ていった。
道原は、この管内で事件が発生したのを感じ取った。

安西が道原たちを応接用のソファへ招いた。

「下関の海へ突き落とされて殺された矢崎武敏の事件を調べていた女性のルポライターが、管内の自宅で殺されました。殺されたのは昨晩だったようです」

安西は膝の上で拳をにぎった。

「矢崎は、特殊詐欺に使うカモリストをつくっていた男です」

道原がいった。

「そうでした。被害者のルポライターは葛尾奈々子《かつらおななこ》といって三十六歳。彼女は公害問題の取材を長くつづけていて、この地方のマスコミ関係者にはよく知られた存在でした。……何日か前に東京から竹川実という男がやってきて彼女を訪ねて、矢崎が殺られた事件をさぐりたいが、協力してもらいたいと頼んだらしい」

竹川実の名が出たのは意外だった。

「竹川実は、東京銀座の料理屋に板前として勤めていましたが、突然、辞め、一緒に暮らしていた女性にも行方を告げずにいなくなりました。……竹川は、九月二日に北アルプスの北穂高岳への登りの途中に殺された、門島由紀恵の元夫です。彼女には綾乃という十三歳の女の子がいましたが、その子は竹川の子です。……竹川が由紀恵の事件に首を突っ込むのなら分からなくはないが、矢崎の事件とは……」

道原は首をひねった。

「竹川は、元妻の由紀恵の事件を調べるために小倉へきたんじゃないでしょうか。そうしたら矢崎という男が下関で事件に遭っていた。それで由紀恵の事件と関係があるんじゃないかと疑って、葛尾奈々子に相談を持ちかけたのかもしれません。なぜ由紀恵の事件と、矢崎が消された事件と関係があるのかは、これからの捜査で分かってくるでしょう」

安西は胸を張って話した。

道原は、葛尾奈々子はどのように被害を受けたのかをきいた。

「自宅で酒を飲んでいて、居眠りでもしたところを、首を絞められたんだと思います」

彼女の知人が電話しても応答がなかったので、自宅マンションを訪ねた。ドアが施錠されていなかったので室内へ入り、死亡している彼女を発見したのだという。

捜査員は、彼女がだれと飲んでいたのかを調べているにちがいない。

奈々子の自宅は小倉北区中島のマンション。独身で独り暮らしだったという。夜間だが捜査員は、彼女の交友関係を洗っていることだろう。

「葛尾奈々子に竹川実が、調査協力を依頼したことを、だれが知っていたのでしょうか」

「彼女が地元の新聞記者に語っていたんです。彼女はいろんな方面から情報を得ようとしたんでしょうね」

奈々子は自宅へだれかを招いて飲酒していた。招かれた者は彼女と親しい間柄とみていいのではないか。

「ルポライターですから、情報の仕入れのために、いろんな業界の人たちとも交流があったものと思われます」

安西は顎を撫でた。

道原は、矢崎武敏が仕事としてやっていたことを話した。彼は、特殊詐欺に使われるカモリストをつくっていた。それを受け取っている者が、この北九州か下関かにいそうである。彼が聞き込みの調査をしてつくったリストによって、多くの年配者が詐欺や強盗の被害に遭っているのだが、矢崎の事件を扱っている下関の警察は、彼がやっていたことをつかんでいるのだろうか。

たぶん矢崎は、特殊詐欺を指揮している者とのあいだにトラブルが生じたのにちがいない。

道原が首をひねるのは、門島由紀恵の元夫の竹川実が、矢崎武敏が殺された事件に首を突っ込んできた点だ。もしかしたら由紀恵は、矢崎と知り合っていたのではないか。それを竹川は知っていた。

「竹川と矢崎は、知り合いだったんじゃないでしょうか」

吉村がノートを持った手を振りながらいった。

「そうか。そういうことも考えられるな」

道原はうなずいた。

「竹川は、元妻の由紀恵の事件をさぐろうとしたんじゃないでしょうか。由紀恵と矢崎が知り合いだったことを知っていたので、竹川は矢崎に、由紀恵を殺した人間をさがし出したいとでも話した。矢崎も由紀恵の災難には関心を持っていた。竹川から相談を持ちかけられた矢崎は、小倉か下関で会わないかと返事をした。それで竹川は、勤め先を急に辞めて北九州へ飛んだ。ところが矢崎は下関の海で殺された。で、竹川は、ルポライターの葛尾奈々子に、矢崎の事件の真相を調べたいとでもいった……」

珍しいことに吉村は熱っぽい口調でいった。彼の推測はあたっていそうだと道原は感じた。

捜査員から捜査本部に電話が入り、九月十二日の夜、葛尾奈々子の自宅で彼女と会っていた男が分かったという報告があった。

その男は、北九州《きたきゅうしゅう》日報《にっぽう》という新聞社の江尻《えじり》という記者で、夜の七時半ごろから一時間ばかり彼女の部屋で会っていた。彼女は缶ビールを出してくれたのでそれを一本飲み、矢崎武敏がまとまった現金を身に付けていたことを話題にした、とその記者は語ったという。

奈々子の遺体の解剖所見では、彼女の死亡推定時刻は、九月十二日の午後十時から十三日の午前零時ごろとなっている。江尻記者の供述が正しければ、彼が帰ったあと奈々子を訪ねた者がいたということになる。その夜の彼女はビールを一本や二本飲んだ程度ではなく、水割りにしたらしいウイスキーを四、五杯は飲んで、酔っていたことが分かっている。

江尻記者が帰ったあと奈々子を訪ねた者は、彼女を殺害すると、食器を洗って片付けたようだ。彼女と一緒にウイスキーを飲んだのだろうが、その痕跡を隠すためにグラスを洗っていることが分かっている。彼女と交渉のあった人たちは、彼女が酒豪であるのを知っていて、特にウイスキーをよく飲んでいたと語っているという。

彼女を殺害した者は、男なのか女なのかは分かっていない。分かっているのは彼女には性交渉の痕跡がなかったこと。したがって女性の可能性も考えられている。

凶器は皮革製のベルト。犯人は奈々子の腰からベルトを抜いて首を絞め、それを放置して逃げた。女性でもやることができた犯行だ。

「いま、竹川実はどこにいるのでしょうか」

ノートにペンを走らせていた吉村が顔を上げた。彼は、奈々子の事件に竹川がかかわっていないかに気付いたようだ。

道原は、［水沢金次郎］という表札の出ている家と白髪まじりの頭の竹川の叔母を思い出した。両親に棄てられた格好の竹川を、自分の子のように育てた人だ。

夜間だったが、道原と吉村は水沢家を訪ねた。今夜も直子という叔母が出てきた。竹川実はいるかときくと、

「この前、一晩泊まって出ていきましたけど、それきり電話もありません。小倉へなにをしにきたのか……」

と、眉間に深い皺を立てた。

「竹川さんは、下関の海で亡くなった矢崎武敏という人の事件を調べにきたようです。調べるといっても、どこから手をつけていいものか分からなかったのでしょう。それでルポ

ライターの葛尾奈々子という女性に、調査協力を依頼したんです。ところが葛尾さんは昨夜、何者かに、首を絞められて殺されました」

道原が話した。

「まあ、なんという。矢崎さんという人も事件に遭ったんですか」

直子は拝むように胸で手を合わせた。

「腰に大金を巻いて、殺されていたんです。その人は、松本市に住んでいて、以前は古物商だったんです」

「古物商というと、昔の武士が使った兜《かぶと》とか鎧《よろい》を売り買いする」

「そういう物も扱いますが、壺とか茶碗なども」

「壺や茶碗で思い出しましたが、由紀恵さんのお父さんの孝光さんは、旧《ふる》い花器や茶碗を買ってきて、眺めていた人でした。骨董品の店の前を素通りできない人だともきいたことがありました。おじいさんの誠治さんは、絵や軸を家に飾るのが好きだったようです」

古物商だった矢崎武敏は、古物の売買を通じて孝光や誠治と知り合っていた可能性が考えられる。そうだとすると由紀恵は、父か祖父のところへ出入りしていた矢崎と知り合いになり、竹川は由紀恵から、矢崎のことをきいていたし、会ったこともあったのではないか。

竹川は、由紀恵の過去をたどって、なぜ殺されたのかをさぐっていたし、矢崎がこの世から消されることになった原因を知ろうとしたようだ。その調査の協力を頼んだ葛尾奈々子が消された。とすると、竹川の身も安全とはいえないような気がする。

直子は竹川の行方を気遣ってか、胸の前で合わせた手を震わせた。

3

葛尾奈々子の部屋には、他人の毛髪が落ちていた。彼女の部屋を訪ねたことのある人を特定して、部屋で拾った毛髪の照合検査をした。そのなかに一本だけ身元不明の毛髪があった。それは男性のもので、彼女を殺害した犯人のものの可能性があった。

食器を片付けていることから、犯人は部屋へ通されて彼女と一緒に飲酒したらしい。個人的な知り合いか、仕事上の関係者なのか。

「私は、竹川の行動が気になって」

小さな食堂を見つけて入ると、吉村がいった。彼は、事件に関する話をするといつもポケットからノートを取り出す。

「奈々子を殺ったのは竹川じゃないかっていうんだな」

道原はカレーを頼むと、吉村の目をにらんだ。

「竹川と奈々子は、由紀恵や矢崎が被った事件についての話し合いをしたが、話がこじれた。あるいは奈々子に傷つくようなことをいわれて、かっとなった……」

「そういうことがないとはいえないが、どうかな」

道原は首をかしげたが、吉村の推測を否定はしなかった。

この小さな食堂は四十代見当の男女がやっているようだ。夫婦らしい二人は、調理場で話をしながら笑い合っていた。二人には子どもがいるだろう。よけいなことだが道原は、両親が仕事を終えて帰ってくるのを待っている子どもの姿を想像した。

道原の頭にはふと自宅が浮かび、来年大学受験を控えた比呂子の顔があらわれた。模擬試験で出た、ことわざの問題がひとつも出来なかったといって泣いた顔である。

カレーが先に出てきて、吉村が頼んだカツ丼がつづいて運ばれてきた。吉村は黄色のタクワンを嚙みながら丼の蓋を開けた。

「あしたは、戸畑の入江家へ寄ってみよう」

道原がカレーを一口すくっていった。

「入江さんの家には、由紀恵の娘がいるのでしたね」

「そう。綾乃という名だったな」

「竹川の子でもあります。彼は子どもの顔を見たくなることがないのでしょうか」

「ときどき思い出すことはあると思う」

「竹川はこの五、六日のうちに、入江さんの家へいっているでしょうか」

しい。

「どうだろう」

食堂へ男が飛び込んできた。その男は上着を頭にかぶっていた。急に雨が降ってきたらしい。


道原と吉村はホテルに着くと、自販機で買ったカップ酒の栓を抜いた。

吉村はなにかを思い出したのか、ノートを取り出して見てから、ポケットへしまった。

「人はなぜ、人を殺すんでしょう」

彼は独り言のようにぽつりといった。

「それぞれ、理由はあるんだ。たとえば自分の地位を守りたいとか」

「積年の恨み、我慢の限界。進んでいくには障害になる。秘密の隠蔽《いんぺい》。……竹川に協力を求められて、由紀恵や矢崎の事件に首を突っ込んでいたらしい葛尾奈々子は、なにをどこまで調べたかですね。事件を調べていたとしたら、メモとか録音したものとかを持っていたでしょうね」

「犯人はそういう物を奪うために殺したのかも」

そういった道原は、はっと気付いたことがあった。

門島由紀恵は、葛尾奈々子を知っていたのではないか。由紀恵は当然だが父と祖父が殺害されたことを知って悩んでいた。なぜ二代にわたって被害を受けたのか。犯人は独りなのか、それとも複数なのかを考えたことは一再でなかったろう。警察は二件の殺人を調べているが、どこまでなにが分かったかなどを教えていない。それで由紀恵は奈々子に相談を持ちかけた。あるいは二代にわたって被害に遭った門島家に、ルポライターの奈々子が関心を抱いていた。それで由紀恵に接触もした。二人は情報を交換していた。二人の動きが犯人に伝わった。あるいは二人の足音をきいて危険を感じていた。そこで二人のスキをうかがっていた。それを知らない由紀恵は好きな山へ登ろうとした。犯人にとってはまたとないチャンスの到来だった。

由紀恵のスマホには、九月一日と二日に一回ずつ電話が入っていた。いずれも公衆電話からの発信だった。松本署はこの電話を犯人からの連絡ととらえている。公衆電話は上高地の郵便局の前にある。それを使ったのではと捜査本部はみている。

由紀恵と犯人は知り合いだった。それも親しい間柄で、山で会う約束でも交わしていたものと推測している。

由紀恵が始末されたことから奈々子は躍起になって、一歩犯人に近づいたことが考えられる。犯人は彼女の足音をきいて、逃げたのでなく、接近した。『あなたがさぐっていることに関して情報を持っている』とでもいって近寄った。奈々子の目には怪しい人間とは映らなかったので、情報を得るために自宅へ上げた——

道原と吉村は、戸畑区境川《さかいがわ》の入江工業を訪ねた。社長の入江甲介に挨拶して隣接の自宅で彼の妻に会うつもりだった。

事務所へ入っていくと、社長が椅子から立ち上がった。彼は社員と同じ作業衣風の制服を着ていた。

「遠方から、ご苦労さまです」

といって、自宅へ招いた。その洋間の壁にはほぼ一メートル四方の油絵が掛かっていた。くすんだ赤い色の服の女性が、家の門口にすわっている三人の子どもに食事を与えている絵である。子どもの近くには鶏が遊んでいる。道原はこれに似た絵をなにかで見た記憶があった。それをいうと入江は、

「ご覧になったのは、ミレーの『ついばみ』という絵だと思います。これは私の知り合いの画家が、学生のときにミレーの絵を見て模写したものです」

入江の妻が、光った盆に紅茶をのせてきた。道原は、門島綾乃のようすをきいた。

「小倉の学校は遠いので、この近くの学校へ移りました。元気にしているようですけど、ときどきお母さんを思い出すのか、窓辺にぼんやりと立っていることがありますし、夢にお母さんが出てくるのでしょうか、寝言で、『お母さん』って呼んでいることがあります。うちには孫が三人いますので、みんなが学校から帰ってくると、一緒になってガヤガヤやっています」

道原は、松本署の霊安室で目を閉じてしまった由紀恵に会ったときの綾乃を思い出した。彼女はかすれ声で、「お母さん」と呼んだ。頭に包帯を巻かれた母親の顔をじっと見て、かすかな声でまた母を二度つづけて呼んだ。それまで道原は、事故や事件に遭って死亡した人の家族を、霊安室へ案内したことは何度もあったが、門島綾乃が母と対面したときは、胸が熱くなった。

「綾乃ちゃんのお父さんの竹川さんは、小倉へきているようですが、こちらへは……」

道原が入江夫婦に尋ねた。

「いいえ、お見えになりません」

妻が答えた。

「竹川さんは、小倉へはどういう用事できているんですか」

入江はぎょろりとした目できいた。子どもを棄てたも同然の男を憎んでいるような表情だ。

「小倉で女性のルポライターに会っています」

「女性のルポライター……」

入江がまた大きい目をした。

「そうです。竹川さんは、由紀恵さんの事件を、ルポライターの葛尾奈々子さんに相談したと思われます。相談を受けた葛尾さんは調査をはじめた。それが殺される原因になったのかもしれません。……由紀恵さんは、私たちが勤めている松本署の管内の山で不幸な目に遭いました。それでその原因を知る目的で私たちは北九州へやってきたんですが、意外なことに、由紀恵さんのお父さんとおじいさんも不幸な目に遭っていたことを知りました。つまり三代がつづいて事件に遭ったわけです。お父さんとおじいさんの事件も未解決。それで三件の事件はつながっている可能性がありそうだと、私たちはにらんでいます」

道原の話に入江夫婦はうなずいた。門島孝光と誠治の事件を思い出したにちがいない。

「事件の捜査は警察に任せておけばいいのに、竹川さんは由紀恵さんを殺した者をさがす気になったんでしょうか。ルポライターが殺されたのを知って、危険を感じてはいるでしょうね」

入江夫婦は、竹川にこの家へ近づいて欲しくないといった。もしも綾乃に会いにきたら、それを断わるのではないか。

入江家を出て、工場の隣接地にとめた車に近寄ったところで、道原は足をとめて車のドアを指差した。

「なんでしょう……」

吉村は車のほうへ首を伸ばした。

車の運転席側のドアに黒い紐のような物が垂れているのだ。

「危ない。手をつけるな」

道原は、一一〇番と一一九番に、「車に危険物を仕掛けられているらしい」と通報した。三分ほどすると左右からサイレンがきこえ、パトカーと赤い特殊車輌が近づいてきた。

ヘルメットをかぶった二人の消防署員は姿勢を低くして道原たちの車に近寄り、ドアに垂れている黒い紐のような物を入念に検べていたが、それを手袋をはめた手で引き抜いた。爆弾ならそこで破裂が起こりそうだったが、音もしないし煙も立たなかった。

ドアにテープで貼り付けてあったのは三十センチほどの長さの黒いコードだった。ドアを開けたが異状は起こらなかったし、エンジンも正常にかかった。

だが、ドアに貼り付けた黒いコードは異状である。何者かのいたずらのようだが、道原は脅しととらえた。レンタカーだが、それを使用しているのは二人の警察官で、殺人事件の捜査で北九州へ赴いた刑事である。これを知って捜査を妨害しようとしている者のしわざにちがいない。さっさと信州《くに》へ帰れという示唆《しさ》だろう。警察に挑戦をしかけてきたのだ。

道原たちは戸畑署へいって、出張してきた目的を話し、車を替えた。ドライブレコーダー装備の車にして、後ろを走る車に気を配った。

「敵は焦ってきたな」

「われわれが調べていることを、つかんだということでしょうか」

吉村はハンドルをにぎりながら、ときどきバックミラーに視線を投げた。

「そうだろうな」

「どこでつかんだと思いますか」

「竹川は葛尾奈々子と組んで、事件を調べていた。犯人はそれを知ったので葛尾を始末した。今度は竹川を消すつもりで彼の所在をさがしている。そうしたら叔母の自宅が分かった。竹川はそこへくるとみて、張り込んでいた。叔母に会いにきたのは竹川ではなくて、おれたちだった。敵はおれたちを尾行した。泊まっているホテルをつかんだ。そしてきょうは、戸畑の入江工業の社長宅を訪ねた。その家には、門島由紀恵の忘れがたみが同居している。こういう行動をとっているのは捜査本部員以外にはいない、と踏んだのだろう。……敵はわれわれに近づいてきたんだ。ということは、おれたちも敵に近づいたということになる」

道原はノートを繰った。それには九月十二日の夜の七時半ごろから一時間ばかり、葛尾奈々子の部屋で彼女と話し合いをしていた江尻という男がいたことが書いてある。江尻というのは北九州日報の記者だ。

その江尻に会いにゆくことにした。江尻記者は下関の海で殺された矢崎武敏の事件を取材していたらしい。下関で事件に遭った人のことを、なぜ北九州小倉の記者が取材していたのか。

北九州日報社は、小倉城の南にあたる小倉北区役所のすぐ近くだと分かった。

4

北九州日報社は白とベージュのタイルを組み合わせたビルだった。カウンターの上にベルがあり、「ご用の方はベルを……」と書いてあった。

吉村がベルを押すと、すぐに背の高い女性が出てきた。身分証を示して江尻記者に会いたいと告げると、「少々お待ちください」といって、奥へ引っ込んだ。四、五分待つと女性は出てきて、

「江尻は外出先から間もなくもどってまいります。お待ちになりますか」

といった。道原が待たしてもらうというと、彼女は黒いソファの応接室へ案内した。

白い壁には海峡を馳せる黒い船と赤い貨物を描いた絵が掛かっていた。それはどうやら関門海峡のようで、海流は船とは逆方向へ流れているらしく、白い波があらがっている。

十分ほど経つと、「お待たせいたしました」といってドアが開いた。髪を短く刈った丸顔の男が入ってきた。

名刺を交換した。江尻勇一郎《ゆういちろう》記者は四十半ばだった。

道原は、北アルプス登山中に殺害された門島由紀恵の事件を捜査していることを話した。

「こちらへきて知ったことですが、門島由紀恵さんの父親も祖父も殺されているんです。

父親の孝光さんの事件は門司署、祖父誠治さんの事件は下関署が扱っていますが、未解決です」

道原がいうと、江尻は知っているといった。三代つづいて殺害されているので、怨恨の線が有力とみて取材方法を考えていたところへ、葛尾奈々子から連絡があった。竹川実という男が会いにきて、自分は門島由紀恵の元夫で、彼女が抱えている女の子の父親だといった。彼女と離婚はしたが、彼女を殺した人間がこの世にいるかと思うと夜も眠れない。彼女について知っていることはなんでも話すので、犯人さがしに力を貸してもらいたいといわれたのだという。それで奈々子はかねて知り合いの江尻を呼び、竹川に頼まれたことを話したということだった。

「奈々子は、竹川さんと二回会ったそうですが、二回目に会ったとき、『由紀恵から矢崎武敏さんの名をきいたことがある』といったそうです。なぜ由紀恵さんが矢崎さんを知っているかというと、彼女の祖父が骨董品好きで、古物商の矢崎さんとちょくちょく会っていたからだそうです」

江尻はノートを見ながら語った。

「矢崎さんは、門島由紀恵さんの事件に関係があると思いますか」

道原がきいた。

「門島由紀恵さん殺しに関係があるのではなくて、その事件に関心を持っていたのだと思います。もしかしたら加害者についてのヒントでもあって、事件をさぐるようなことをしていたのかもしれないと、奈々子はいっていました」

「矢崎さんが、由紀恵さん殺しの事件をさぐっていたとしたら、それはどこででしょうか」

「この北九州か、あるいは下関あたりではないかと思います。門島家の人は三代にわたって事件に遭っている。矢崎さんは、誠治さんと懇意にしていたらしい。ということは、孝光さんとも由紀恵さんとも親交があったとみてよいのでは。……三人の事件に関心を持ったのは当然ではないでしょうか」

古物商だった矢崎は、近年、振り込め詐欺やキャッシュカードなどのすり替え詐欺に悪用するカモリストをつくっていた。つまり犯罪の片棒をかついでいた男である。その男が門島一家殺害事件に関心を抱いていた。関心を抱いていただけではなく、密かにさぐっていたのではないか。つまり門島家の三人を殺した犯人に近づきつつあった。それを犯人に察知されたことから、消されたようにも受け取れる。

葛尾奈々子も同じだ。彼女は竹川実から由紀恵殺しの犯人を突きとめたいので協力してくれと依頼された。そのさい矢崎武敏が遭った事件にも話を触れた。奈々子は、矢崎事件をさぐれば、由紀恵殺しの犯人に近づけると踏んだのではないか。その勘はあたっていて、犯人に一歩近づいた。彼女はルポライターだから自分で事件の核心をつかもうとしたのだろう。犯人のほうは迫ってくるものに神経をとがらせている。始終アンテナが向く方向に触手を伸ばしていたのだろう。

江尻記者と話しているうちに、道原ははっと気付いたことがあった。由紀恵の事件についてだ。

彼女は一緒に山行を楽しむ人ができた。それは男性だろう。その男はたぶん、彼女より先に山に登っているので北穂高岳の山頂か山小屋で会おうと彼女と約束した。その男と彼女は親しい間柄になっていたのではない。男が彼女に近づいてきたのだ。なぜ接近してきたのかを彼女は考えた。

彼女はかねてから、父親と祖父を殺した人間はだれなのかを密かにさぐっていた。あるいは父親とも祖父とも親しかった矢崎武敏と、犯人さがしの話し合いをしていたかもしれない。

矢崎と由紀恵は話し合ううち、ある男に注目するようになった。その男の経歴などから誠治と孝光を殺したとしても不思議ではない。彼女はさらにその男の背景をそっとさぐった。その結果、誠治、孝光殺しはその男だと確信した。

その男は、矢崎と由紀恵が身辺を嗅いでいることに気付き、由紀恵に接近をはかった。逆に彼女の身辺を調べると、年に何回か山に登っていることをつかんだ。

由紀恵のほうは、新しく山友だちができたのをよろこんでいるふりをし、その男の山行の誘いにのって北穂山頂をめざすことにした。誠治、孝光殺しの鬱憤《うっぷん》を晴らすために、スキを衝《つ》いて山頂かそのあたりで突き落とすことを計画した。

その男のほうは、彼女の黒い計画を読み、彼女が単独で登ってくる途中で始末することを計画し、それを実行した。その結果、門島家は三代にわたって殺人の被害を受けることになった――


矢崎は、多額の現金を抱いて死んでいた。取引上のトラブルが原因ではないか。彼は特殊詐欺に使われるカモリストをつくっていた。それを納めるために北九州か下関へやってきたのだろう。彼が調査をして作成したリストを受け取る者か組織は、関門海峡をはさむどこかに存在していそうだ。そして彼のつくったリストを使って、詐欺を実行している者が全国に散っているらしい。

特殊詐欺をはたらいているグループはひとつではないだろう。海外の拠点から日本国内の高齢者に電話を掛け、現金を騙し取っていたグループもあった。

矢崎の取引先は、カモリストに元手をかけている。電話帳を見て、片端から電話を掛け、感度良好とみた相手には巧妙な手を使って、キャッシュカードを奪い取ったり、カードを交換するなどといってすり替えをしているのではないか。全国の高齢者を対象にしてはいるが、個人の身辺を調査し、資産や預金があるのを確かめ、人柄まで調べ上げている。したがってリストの仕入価格は手間ヒマのかかったぶん高価なのだろう。

矢崎は、古物商をやっているよりはるかに金になると踏んで、人を雇ってリストづくりに励んでいたことが確認されている。彼のつくったリストによる活動で、リストの受け手は、効率よく成果を挙げているのではないか。

矢崎が殺された原因は金銭トラブルではないかとみられている。たとえばリストを仕入れた側が、支払った現金を力ずくで奪い返そうとした。ところが矢崎は海に落ちたか自ら海へ飛び込んでしまった——

道原は考えているうち、その観測はあやまっていそうだと思うようになった。なぜなら、矢崎は大事な調査マンだった。彼を叩いたり消してしまうとリストの供給が止まってしまうからだ。

彼を殺した理由はべつにありそうだ。リストの供給が一時止まる結果になっても、生かしておくことができない事情があったからではないか。

「取引上のトラブルでもないし、現金を奪い返そうとしたのでもないとすると、矢崎を始末した理由は、いったい……」

江尻記者は額に手をやった。

「一人、得体の知れない男がいますね」

吉村が、高野院永久を名乗っている田中永久のことをいった。

「なにをしている男ですか」

江尻がきいた。

「矢崎と同じで特殊詐欺のカモリストをつくっていました。小倉出身で、若いとき、山口県萩市で焼き物の修業をして、陶芸家を自称していましたが、陶芸の実績は不明です。……山梨県の笛吹市に古い民家を借りて、そこの庭に窯に見せかけたものをつくりましたが、実際に焼いたことはないようです。田中は松本市美須々に住んでいるブティック経営者の女性と親しくなって、その女性と同居している一方、笛吹市の家にも女性を住まわせています。その田中がつくったリストによって、被害を受けた人がいたのを確認しています」

吉村のいうことを江尻はノートに控えた。

「小倉北区には田中の養母がいて、現在、新小倉病院に入院中です。田中は一昨日、養母を見舞っていますが、その後の足取りは分かっていません。養母を見舞いにきたのはたしかですが、調査してつくったカモリストを納めにきたことも考えられます」

「その田中がリストを納入しているのは、矢崎が取り引きしていたところと同じではないでしょうか」

江尻はペンの動きをとめた。

「私たちも同じところではとみています」

道原がいった。もしかしたら田中と矢崎は知り合っていたかもしれない。矢崎が殺害されたことと、田中が小倉へきたこととは関係があるのではないか。竹川実も北九州へきている。竹川と田中が知り合いだったということも考えられる。二人は息を殺すようにして、矢崎と奈々子を始末した人間、いや由紀恵をこの世から消した人間をさぐっているようにも考えられるが、どうだろう。

5
「道原さんは、学校を出たら警察官になろうって、決めていたんですか」

吉村はハンドルをにぎり、前方を見ながらきいた。

「急になんだ」

道原は助手席から吉村の横顔に視線を投げた。

「田中永久のことを考えていたんです。彼は陶芸家になることを志して、萩焼の窯元へ見習いにいったのだと思います。萩で修業して、一人前にはなったのでしょうが、職人の域は出ず、陶芸家として売れるようになるには、その道のりは遠いことに気付いた。つまり先人を超えるような作品をつくることはできなかった。焼いた物を陳列してみたがそれの評価は低かった。そこで詐欺まがいのことをやったために、業界から締め出される結果になったし、満足な家庭も築けなかった。結局、ゆき着いたところは、犯罪の片棒をかつぐ仕事だった」

「おれは高校生のころ、警察へ入ろうなんて考えたこともなかった。警察官になるきっかけはおやじのすすめだったんだ」

「お父さんはなにをされていたんですか」

「農業だ。おれの家は、諏訪市の北のほうで、霧ケ峰《きりがみね》に通じる道路沿いだった。田圃はなくて、陸稲《おかぼ》をつくっていた。おやじはたまに山林整備の仕事にもいっていた」

「お兄さんがいらっしゃるって、以前、きいた憶えがありますが」

「そう。二つ上の兄とおれだけ。いま思い返すと、食い物はあったが貧しい暮らし向きだった。……おれが高校三年になったとき、おやじはなにかの用事で上諏訪《かみすわ》駅へいった。そうしたら駅前に警察官と一緒に何人かが妙な格好をしていた。パトカーの警察官も車を降りて、地面を這うような格好をしていた。しばらくすると一人の警官が、『あった』と大声を上げた。なんだと思ったら、列車を降りて駅を出た女性が、コンタクトレンズを落としたので、地面をさがしていた。駅前交番の巡査がそれを知って地面をさがしはじめた。パトカーで巡回中の警官もそれを見て、一緒になって小さなレンズをさがした。駅員も出てきて地面を這った。……おれのおやじはその光景を見て感激したんだ。家へ帰ってくると母に、伝吉は警察官になってもらうといったらしい。……おれは警官になることなど考えたこともなかった。おやじは毎日おれに、警察学校へ入れ、警察だぞっていいつづけていた」

吉村は前を向いたまま、くすっと笑った。

「道原さんは、なりたい職業がありましたか」

「あった」

「なにになりたかったんですか」

「映画かドラマ制作のプロデューサーをやりたかった」

「へーえ」

「たとえば小説を読んで、ドラマ化を考えて企画を立てる。企画が通れば、脚本家に台本執筆を依頼する。監督やカメラや音楽スタッフを選ぶ。主人公のイメージに合う俳優を選んで、出演交渉をする。手垢《てあか》のついていない新人の起用も考える。……やり甲斐のある仕事だと思っていた」

「プロデューサーになっても、成功していたでしょうね」

「おだててるのか」

「刑事は、ご自分の希望ですか」

道原は、伊那署に勤めていたときのことを思い出した。中央アルプスの宝剣岳《ほうけんだけ》から空木《うつぎ》岳《だけ》へ縦走中の男の二人連れの一人が伊那側へ転落したという通報を受けた。当時、外勤課に所属していた道原は、遭難者の捜索と救助に駆り出された。出動二日目に岩場から転落した登山者を発見した。難所を通過して、空木岳に近づいた平らな稜線で、『足を踏みはずしたらしい』と同行者は語った。

係官の質問に答えていた登山者は二十八歳。死亡した同行者は二十五歳だった。二十八歳の男は陽焼けして蒼黒い顔をし、震えながら二十五歳が転落したさいのもようを、途切れ途切れに語っていた。

その遭難は不注意によって起こった事故として処理された。

数日後の休みの日、中学のころから登山をしていた道原は、同僚の一人を誘って、空木岳へ登った。そして遭難事故が発生した現場に着いた。そこは木も草も生えていない二つの大岩にはさまれた平坦な場所であった。道原はそこに立ったりすわってみたりした。東側は絶壁だがそれは約二メートル先だった。そういう地形の場所で足を踏みはずしたという話は信じられなかった。

道原はこう解釈した。二つの大岩に到着する約五十メートル手前の尾根は痩せていて、縦走中の最難所だ。二人はそこを無事通過している。そしてせまいが平坦な場所について、ほっとしたはずだ。そこでタバコを一本つけるつもりだったかもしれないが、若いほうが転落した。

『おかしい。背中を突かれないかぎり転落は考えられない』道原は同行の同僚にいった。

二十八歳には殺意があったのではないか。殺意を隠して山に登り、難所にさしかかったところで注意を怠って転落したように見せかけたかったが、相手を突き落とすほうにも危険がともなう。一歩まちがえれば自分が転落しそうだ。したがって自分の身が安全な場所を選んで凶行におよんだ可能性が考えられると同僚に話し、上司にも同じ考えを伝えた。伊那署は道原の疑いを実証するための捜査をはじめ、約一か月後、二十八歳の犯行を裏付ける確証をつかんだ。ときの刑事課長は、『道原伝吉は刑事に向いている』といい、刑事課への転属を決めた。以来道原は、諏訪署、以前は豊科《とよしな》署だった安曇野署へと異動したが、いずれも刑事課に所属している。

「きみは東京の大学を卒業しているが、前から警察官志望だったのか」

「テレビ局へ就職したかったんです。レポーターとかニュースを取材したかったんです。両親は郷里へもどって、市役所か地方銀行にでも勤めて欲しかったようでしたけど、従兄《いとこ》が警視庁に入りました。その男の話をきいているうち、警察官になりたくなって、長野県警を選んだんです。大学の同期生で仲よしだった男の一人は、郷里の鹿児島で警察官になっています」

道原は、松本市の大名町通りでブティックをやっている大月ゆり子に電話した。田中永久は帰宅したかを尋ねた。

彼女は電話を店の従業員にきかれたくないのか、店の外に出たらしい。車のクラクションが電話に入った。

「帰ってきません。彼はもう、わたしのところへは帰ってこないような気がするんです」

四十二歳の彼女はいくぶん寂しげないいかたをした。

「どうしてそう思われますか」

「仕事だといってやっていた犯罪を、刑事さんに知られたんでしょ。帰ってくれば、警察に捕まるんじゃないですか」

「事情ぐらいはきかれるでしょうね。……田中さんは、おととい、小倉の養母の田中まき子さんを入院先へ訪ねています」

「その方は、どこが悪いのですか」

「転んで、手足をいためたんです。八十歳で、独り暮らしをしている人です」

「田中は、身内のところへ帰ったんですね」

「私はそうみていますが、まき子さんを見舞ったのは一度だけのようで、どこでなにをしているのか分かっていません」

「もう、わたしとは……」

道原は、また問い合わせをするかもしれないといって、電話を切った。ゆり子は目抜き通りの端で、スマホをにぎって立ちつくしていそうな気がした。

今度は、笛吹市の岸本靜香の番号をプッシュした。彼女は待っていたようにすぐに応答した。

田中は笛吹市では高野院永久を名乗っているので、

「高野院さんは帰ってきましたか」

と、道原はきいた。

「帰ってきませんし、電話は電源が切られていて通じません」

「電源が……」

「世間知らずのわたしがいけないのかもしれませんが、木《こ》の葉の舟に乗っているような気持ちですごしています」

靜香は消えていくような声でいった。彼女は三十九歳だ。いったんつまずいたことのある人かもしれない。高野院には、そういう人の支柱になってやろうという意思はないのだろうか。

「彼は一度見舞いをしていますが、また病院へくると、私たちはみているんです」

「お母さんという方の怪我は、重いのですか」

「手足が少し不自由です」

彼女は何秒間か黙っていた。道原は彼女の息づかいをきいていた。

「わたし、彼に会いにいきます。計画も予定もありませんけど、前へすすめないと思うので、会いにいきます」

静香は田中まき子の入院先をきいた。

道原は、小倉駅なり、北九州空港なりに着く日時を教えてくれ、そこへ迎えにいくと答えた。

「どのカップルも、女性のほうが生き方に真剣だし、しっかりしているようにみえます」

吉村は、竹川実に置いてきぼりにされたような内山ナツコと、岸本静香のことをいった。

道原たちは新小倉病院へいった。ナースステーションにいた看護師に、田中まき子を見舞いにきている人がいるかを尋ねた。

「さきほど、若い女性の方がいらっしゃいました。その方、まだ病室にいらっしゃると思います」

道原は窓ぎわのベッドに近寄った。話し声と答える声が小さくきこえた。

「あ、刑事さん」

ベッドにすわっていたまき子はメガネを掛けていた。彼女の膝の上には薄紫色のアルバムがのっていた。

ベッドぎわには髪を後ろで結《ゆ》わえた若い女性が椅子に腰掛けていた。その女性は道原たちを見ると立ち上がった。まき子が、「刑事」といったからか女性は緊張したような顔をした。

「近所のお店のトモちゃん。昔の写真を見たくなったので、トモちゃんに家から持ってきてもらったんです」

まき子はメガネをはずして微笑した。

「田中さんのすぐ近くの食堂の友子《ともこ》です」

友子は、ピンクのカーディガンに付いている大きめのボタンをつかんだ。

「アルバムですか。たまに昔の写真を、見たくなるものですね」

道原は一歩ベッドに近寄った。

「永久の、小さいときの写真を見ていたところです」

道原はアルバムに首を伸ばした。開いたページに写っている永久は地面にすわってドロ遊びをしていたし、白いシャツに白い短パン姿で船に乗っていた。現在の面貌とは似ても似つかない。

第七章　怨情《えんじょう》海峡

1

静まり返っている廊下へ、食堂の友子を呼び出して、夜、まき子の家に灯りは点くかをきいた。

彼女は小首をかしげてから、ゆうべは灯りは点いていなかった、と答えた。

「あなたは、田中永久さんに会ったことがありますか」

「何回か見かけたことはありますし、食堂へご飯を食べにおいでになったこともあります」

「では、道で会えば、永久さんだと分かりますね」

「分かります」

彼女は答えてから、永久になにがあったのかを目を丸くしてきいた。

「ききたいことがあるので、会いたいんです。お母さんのまき子さんは、永久さんのことをどんなふうに話しているんですか」

「焼き物をつくっているといっています。田中さんの家には、ガラスがはまった大きい食器戸棚があって、そこには白いのや、黄色いのや、茶色の茶碗が並んでいます。その茶碗は永久さんが焼いた物だそうで、おばさんはときどきその茶碗でお茶を飲んでいます。ずっと前、わたしは、白地の大きい茶碗をおばさんからいただきました。市松模様のなかに四季の花ばなが描かれています。わたしはそれを大切にしています」

「永久さんは、どこで焼き物をしているのかを、知っていますか」

「たしか、山梨県だときいた憶えがあります。……去年のいまごろでしたが、大きい粒のぶどうを永久さんが送ってよこしたといって、おばさんが持ってきてくれました。わたしも両親もそれまで、あんな大きい粒の、あんなにおいしいぶどうを食べたことはありませんでした」

道原は微笑をつくって友子の話をきいた。

岸本靜香から道原に電話が入った。

彼女は、あすの午後四時に北九州空港に着く、といった。列車で東京へ出て、羽田からやってくるのだろう。

道原たちは彼女の到着を空港で待つことにした。

彼女は旅行などめったにしないだろう。北九州の小倉へはどういう経路でいくかを考えたにちがいない。彼女にとっては楽しい旅ではないはずだ。高野院を名乗っている田中永久に会って、今後についてを話し合うつもりだろうが、それは破局へとつながっていそうだと、予想しているような気がする。

「竹川実に会うために、小倉へやってきた内山ナツコは、どうしているでしょうね」

病院一階のロビーで、出入口をにらみながら吉村がいった。

ナツコは竹川とは電話が通じず連絡を取り合えない。彼は彼女と別れることになるのを承知で北九州へ飛んだのだろう。彼女もそれを呑み込んで、彼を追う意思を失くしているのではないか。

竹川は、事件の渦中に飛び込んでいる。殺人事件の犯人を追跡しようとしているのなら、きわめて危険な地点に立っていそうだ。犯人は追跡者以上に神経をとがらせ、四方八方に目を配っているはずだ。

病院の一階で三時間張り込んだが、田中はやってこなかった。

「田中は、松本市の大月ゆり子のところにも、笛吹市の岸本靜香のところにもいないし、小倉の家にも、養母である田中まき子の容態をうかがいにもあらわれない。とすると北九州か下関のどこかに潜んで……」

道原はほの暗い駐車場にとめた車に近づいた。きょうの午前中には車に危険物と思わせる黒いコードがテープでとめられていた。『北九州や下関でうろうろと動きまわっていないで、さっさと信州へ帰れ』という何者かのサインにちがいない。その脅しにひるまないとみた何者かは、今度は本物の爆弾を車に仕掛けるかもしれなかった。

吉村は車のまわりを点検したが、怪しい痕跡は見あたらなかった。

「田中は、門島由紀恵とも、矢崎武敏とも、それから葛尾奈々子とも、関係はなかったようでしたが……」

これからハンドルをにぎる吉村は目をこすった。

「田中はどこかで、竹川実と知り合ったかも」

「竹川は、由紀恵の夫だった男。彼は、矢崎と奈々子殺しの事件に首を突っ込んでいた。田中はカモリストをつくっている矢崎を知っていた……。あ、矢崎と田中のカモリストの納入先は同じだったんじゃないでしょうか」

「その可能性はあるな。二人はリストの納入先で知り合った。……だが知り合ったというだけで、事件に首を突っ込むということは考えられない」

「田中は矢崎から、由紀恵を殺した者をさぐっているとでも、相談を受けていたということが考えられます」

道原はうなずいてみせたが、はたしてそうだろうかという疑問が頭から去らなかった。

田中まき子の自宅を見にいった。どの窓からも灯りは漏れていなかったし、玄関と勝手口の戸に耳を押しつけてみたが、なんの物音もしなかった。

次の日の午後四時、道原たちは北九州空港で、旅立つ人を見送っている人たちを横目で見てから、到着口で、岸本靜香が出てくるのを待った。

羽田からの到着便は十五分ほど遅れて、『ただいま到着』のアナウンスがあった。

「飛行機の離着陸の時刻は、どこで決めているかを知ってるか」

道原が吉村の横顔にきいた。

「クイズですか」

「そう」

「離陸は、滑走路を走り出したとき。着陸は、滑走路に車輪がついたとき」

「着陸は合っている。離陸は、車輪止めをはずしたときだ」

吉村は、そんなことを知らなくても生きていけると思ってか、なにもいわなかった。

靜香は降りた人たちの列の後ろのほうにいた。ベージュのコートを着て、茶色のバッグを提げて、こういう場所に慣れていないからか、瞳が不安げに泳いでいた。吉村の挙げた手を認めると、にこりとして頭を下げた。その笑顔を消さぬままゲートを出てきた。

「飛行機の窓から、青い海と船が見えました。海を見たのは五、六年ぶりだったと思います」

山梨県には清流はあるが海はなく、山に囲まれている。

道原は初めてのところへきた靜香を落着かせるために、何年か前に昇仙峡《しょうせんきょう》を訪ねたことと、ほうとうを食べたことを話した。

「今度、笛吹へおいでになったら、おいしいおそば屋さんへご案内します。おそばは無雑作に刻んだように太さが不ぞろいで、黒っぽくて固いんです。それをとろろにつけて……」

そういった彼女はなにを思い出してか語尾を震わせ、ハンカチを口にあてた。

小倉北区砂津の田中まき子の自宅を、靜香に見せた。警察官がそんなお節介なことをしていいものかと、少しばかり気が咎《とが》めた。その家はきょうも固く戸を閉ざしていて、耳を寄せてみたが物音はしなかった。入院中の田中まき子に会うかと靜香にきいた。

「お会いします。そのつもりできたのですから」

彼女は、まなじりを決するようないいかたをした。

吉村は車首を新小倉病院へ向けた。

病室へのエレベーターを降りると、医師と看護師が走っていた。入院患者の容態でも急変したのではないか。

田中まき子のベッドへは道原が先に近寄った。

彼女はメガネを掛け、ベッドにすわって薄い本を読んでいた。メガネ越しに道原を見ると、表情をゆるめたが、つづいて入ってきた静香を見てからメガネをはずした。

「岸本静香さんです」

道原がいった。まき子の顔は、どこのだれかといっていた。

静香は一歩ベッドに近寄った。

「わたしは、田中永久さんと、笛吹市の家で一緒に暮らしていた者です。永久さんはこちらへきていると思いましたので、会いにまいりました」

まき子は静香の素性《すじょう》をたしかめるようにじっと見てから、

「それはどうも」

と、戸惑うようないいかたをした。

「永久さんは、こちらへきているんですね」

静香はきいた。

「三日ばかり前にここへきましたけど、仕事が忙しいといっていましたので、帰ったんじゃないかと思いました」

「帰ってきませんし、電話も通じなくなっています」

「電話も……。永久は、笛吹市の家で、茶碗を焼いていたんですね」

まき子は、首をかしげてきいた。

「茶碗を焼いてはいません」

「焼いていない。じゃなにを……」

「遠方へ出掛けていって」

彼がやっていたことをまき子は理解できないだろうと思ってか、口をつぐんだ。

まき子は傷めたほうの手をそっとさすると、

「永久は、あなたと暮らしていた家を出ていったし、電話も通じない。あなたといい合いでもして、家を出ていったんでは。それきり連絡が取れないので、小倉へいったんじゃないかとあなたは思ったので、会いにきた。そうですね」

まき子は、低いがしっかりした声でいった。

「いい合いや、喧嘩《けんか》をしたのではありません。仕事に出掛けた先から帰ってこなくなったんです。どういうつもりで帰らなくなったのかを、わたしはきくつもりできたんです」

静香は自分の電話番号を書いたメモをまき子に渡し、

「こちらに泊まって、永久さんに会えても会えなくても、あした帰ります」

というと、頭を深く下げた。

「ごめんなさいね」

まき子は、すわり直すようにからだを動かしておじぎをした。

した。靜香は道原たちが泊まっているホテルに宿泊することになった。外で食事をすることにした。靜香は歩きながら、

「小倉ってビルばかりなんですね。それにマンションが沢山ありそう」

といって、高い建物群に驚いているようだった。

「あなたは、お酒を飲みますか」

道原がきいた。

「少し」

彼女は笑顔で答えた。

軒下《のきした》に赤い提灯《ちょうちん》をいくつも並べている居酒屋へ入った。威勢のいい男の声に迎えられて座敷にすわった。

靜香はメニューを見て、魚が旨そうだといった。フグチリを頼むと、彼女はカキが食べたい、カキを何年も食べていないといった。

道原は靜香を見ていて、竹川実に会うつもりで小倉へやってきた内山ナツコを思い出した。小倉で一泊して東京へ帰ったが、その後、竹川には会えていないような気がする。彼は東京へはもどらず、小倉か、門司か、下関あたりにいるのではないか。門島由紀恵と矢崎武敏が殺された事件を、竹川は葛尾奈々子に相談した。警察が調べていることなのに、二人は危険水位を越えて事件の濁流に踏み込んだ。もしかしたら竹川は犯人の手に捕まっ

て、海峡の渦のなかに放り込まれているかもしれない。

静香はぐい呑みで日本酒を二杯飲んだだけだった。生ガキに舌鼓《したつづみ》を打ち、フグチリをつついた。熱い酒を飲んで顔を赤くし、ふうふうと吹きながらフグを食べる吉村を見て笑った。道原は、久しぶりに笑ったような静香の顔を盗み見ていた。

翌朝、静香は、もう一度まき子に会ってから帰る、といったので、病院へ送った。

まき子はけさもメガネを掛けて本を読んでいた。なにを読んでいるのかと、道原は彼女が伏せた本に目をやった。文字の大きい［雑学おもしろ事典］だった。

静香は、白い封筒をまき子に渡し、「永久さんが見えたら渡してください」といった。

ゆうべホテルの便箋に書いた手紙のようだった。

2

岸本静香を北九州空港で見送ると、小倉へ引き返すために走っていたが、

「もう一度、田中まき子のいる病院へ寄ります」

と吉村はいって、ハンドルを左に切った。まき子についてなにかを思い付いたのかと道原がきくと、

「きょうは、田中永久が病院へくるような気がするんです」

吉村はそういって口を閉じた。どこからか田中の行動についての電波でも受けたようなことをいった。

新小倉病院へ着いた。駐車場にはきょうもぎっしりと車が入っている。

病室へのエレベーターを降りた。ナースステーションには看護師が二人、パソコンの画面をにらんでいた。雑用の係の人なのかグレーの制服を着た女性が、箱のような物を積んだ車を押して通った。田中まき子がいる病室へ入りかけたが、窓ぎわのベッドの彼女は、だれかと会話をしているようだったので、廊下へ引き下がった。

十五、六分するとまき子のベッドを囲んでいるカーテンが揺れて、彼女が小さい車輪が四つ付いた歩行器につかまって出てきた。その彼女を背後で支えるようにして男が病室を出てきた。

道原と吉村は退《しりぞ》いて物陰に隠れた。まき子を後ろで支えながら歩いている男は、なんと田中永久だった。松本市美須々の大月ゆり子の家では、高圧的な態度で応じた男だった。田中は運動不足のまき子を歩かせているらしい。よろけるような足取りで廊下をゆっくり歩く彼女の腰に手をやって休ませ、ナースステーションを一周した。立ちどまったが、彼女がもう一周するとでもいったのか、また歩行器を押しはじめた。田中は彼女の後ろから腰をつかまえて休ませ、そして歩かせている。それはやさしげで、親思いの出来のいい息子の姿であった。

入院患者に昼食が配られた。永久は、まき子の食事のようすを見ているのか、病室から出てこなかった。

昼食が配られてから約一時間がすぎた。永久が食器をのせたトレーを持って病室を出てきて、廊下にとまっている棚付きの配膳車にのせた。それから約十分後、黒い鞄を持ってまき子の病室を出てきた。どうやら帰るようだ。道原たちは永久の後を尾《つ》けることにした。

彼は駐車場でグレーの乗用車に乗った。レンタカーではと思ったが、松本ナンバーだった。彼は松本から自分の車でやってきたのだろうか。

彼は車のなかから電話をしていた。わりに長電話だ。道原とハンドルに手を掛けている吉村は、駐車中の車二台をはさんで田中永久のようすを観察していた。

田中の車はゆっくりと駐車場を出ると、県道２７０号を北に向かい、西小倉小学校下《にしこくらしょうがっこうした》交差点《こうさてん》を右折し、小倉北警察署の前を通り、小倉城と松本清張記念館を左に見て、紫川の太陽《たいよう》の橋《はし》を渡った。交番の前を通過したところで、左端に寄って停車した。右手に旦過市場の入口が見えた。

三分ほどすると、黒っぽいジャケットにベージュのズボンの男が田中の車に駆け寄って、助手席にすわった。車はすぐに走り出し、国道１９９号を東に向かった。

二十分ばかり走った。門司駅に近づいたところを右折して、青い壁のビルの横にとまった。田中と助手席に乗っていた男は車を降りると、その八階建てのビルに入った。二人はエレベーターに乗った。降りたのは三階であるのが分かった。ビルの出入口には［ブルーライトビル］とオレンジ色の文字が横に並んでいた。

「助手席に乗っていた男は、竹川実じゃないでしょうか」

吉村がいった。身長は一六〇センチ程度で面長に見えた。

田中永久は、カモリストを発注先に納めるのと、入院中の養母のまき子を見舞うために北九州へきたのだろう。だが病院で彼女に会っている時間はそう長くはない。あとはなにをしているのか。まき子の話では、仕事が忙しそうだという。

竹川は、勤務先を突然辞め、一緒に暮らしていた内山ナツコにも行方を告げずに東京からいなくなったらしい。彼は小倉出身だ。元妻であった門島由紀恵が殺され、彼女の知り合いだったらしい矢崎武敏も殺された。その真相をつかみたかったのか竹川は、ルポライターの葛尾奈々子に相談を持ちかけていた。奈々子は竹川の相談に乗った。興味を持ったにちがいない。彼女には職業柄特別のアンテナがあっただろうし、特異な嗅覚《きゅうかく》を身に付けていたのだろう。その才覚を活かして、由紀恵に殺意を抱いていた人物に接近を図った。そこを見抜かれて、始末されたことが考えられる。

田中の車に乗っていたのが竹川だったとしたら、両人は東京で知り合っていたのではないか。田中は、陶芸家高野院永久を名乗る詐欺師のような男だ。彼は竹川が勤めていた料理屋で知り合い、たがいに小倉出身だと分かって親交を深めていたことが考えられる。竹川は元妻と矢崎が殺されたことを、詐欺師のような田中にも話していたのかもしれない。田中は竹川が調べていることに興味を持ち、事件の真相究明に協力する気になったのではないか。田中は勤め人でない風来坊のような男だから、自由に行動できるので、竹川にとっては都合のよい存在なのだろう。

道原と吉村は、ブルーライトビルへ入り直すと三階まで階段を昇った。このビルは三階までが貸事務所でその上はマンションであることが一階のメールボックスで分かった。三階には四室あり、エレベーター側から会計事務所、薬品会社、健康美容器具会社、そしていちばん奥が［三林《みつばやし》］といって、業種の分からない事務所だった。田中と竹川ではと思われる二人は三階のどこへ入ったのかは不明である。

一階の建築事務所で、このビルの管理会社かオーナーはどこかを尋ねた。オーナーは二百メートルほど東の許斐《このみ》という家だと教えられた。

許斐家は海峡を見下ろす高台にあって、門番のように緑の糸杉が左右で天を衝いていた。六十歳見当の地味な和服を着た主婦が母屋の脇から出てきた。道原が、長野県警の者だと告げると、

「まあ、ご遠方からご苦労さまです」

といって、玄関の戸を開けた。そのたたきにはテーブルがあって椅子が四脚向かい合っていた。

「許斐さんとは、珍しい名字ですが、こちらには同名のお宅が何軒もあるのですか」

道原がきいた。

「許斐は、福岡県宗像《むなかた》市にある宗像大社《むなかたたいしゃ》の神官だった宗像氏の一族でした。小倉北区に許斐町《まち》がありますが、この家はそこの出身なんです。門司にはもう一軒あるそうですが、わたくしは知りません」

と、おっとりした話しかたをした。

「ブルーライトビルの三階には、三に林と書いた事務所が入っていますが、どういう業種かをご存じでしょうか」

「三林という会社ですね。株式会社三林といって、主に中国との貿易をしているということです。社長さんが三林という姓です。下の名前の字を調べてまいりますので、お待ちください」

彼女は奥へ引っ込んだが、すぐにノートを持って出てきた。

「三林善一郎《ぜんいちろう》さんです。四階の四〇三号室が住所で、ご家族が住んでいます」

「善一郎さんは、いくつぐらいの方ですか」

「八十代半ばだと思います。がっしりとした体格で、いまもお元気です。つい先日も散歩をなさっている善一郎さんにお会いしました。大きい声で挨拶をなさって、ここの横の坂道を登っていかれました」

「ご家族というと、奥さんですか」

「奥さんは何年も前に亡くなったそうです。善一郎さんと一緒に住んでいるのは、典幸《のりゆき》さんという息子さんと、その奥さんと、娘さんです。典幸さんの娘さんは三十近くではないでしょうか。どこかへお勤めでしょうが、背が高くてとてもきれいな方です。うちの娘はその人のことを、モデルみたいといっています」

「三林という会社は、典幸さんが社長さんになってやっているんですね」

「そうだと思いますけど、詳しいことは分かりません」

「社員は何人ぐらいいるのかは……」

「それもよく分かりませんが、若い方も五十代ぐらいの方もいるようです。週に一度はわたくしがビルを見回りにまいります。先週いったときには、三階の三林さんから三十代半ばぐらいの女の方が出てきました。三林さんに勤めている方のようでした」

三林という会社へ、田中永久と竹川実が入ったのではないか。田中のほうは特殊詐欺に悪用されるカモリストをつくっていた。ビルのオーナーは三林のことを、中国との貿易をやっている会社らしいといったが、はたしてそのとおりだろうか。

まず会社の正体を知るために法務局で株式会社三林の登記簿を閲覧することにした。が、そういう会社は登記されていなかった。会社らしく見せるために株式会社を頭に付けたのだろう。これを知って矢崎武敏が使っていた大正池商業株式会社を思い出した。それも登記されておらず、彼は見栄を張って名刺に刷り込んでいたのだ。

次に市役所で三林善一郎の住民登録を閲覧した。あたり前だが該当があった。世帯主は善一郎で、典幸とその妻と娘の四人家族。本籍は北九州市小倉北区紺屋町《こんやまち》。小倉北区役所で三林善一郎の戸籍謄本《とうほん》を見ることにした。

戸籍謄本というのは、日常生活にはなんの役にも立っていないようだが、見かたによっては記載されている人の経歴を物語っているものだし、意外な生い立ちを知ることもある。

三林善一郎の戸籍謄本を開いて附票《ふひょう》を見た瞬間、道原は、あっと小さく叫んだ。

善一郎は、母とともに昭和二十七年四月、長野県下伊那郡座光寺村から本籍地の小倉へ移動していた。

「座光寺村というのは、門島誠治が、母と妹と住んでいたところじゃないか」

道原は目を見張った。

「そうでしたね。門島誠治と家族は、たしか農家の土蔵を借りて住んでいた。彼の母親は、たまに農家が放し飼いにしている鶏が産んだタマゴを、そっと拾って、誠治らの味噌汁に落としていたということでしたね。彼の母親は毎日、食べ物の心配ばかりしていたような暮らしをつづけていたということでした」

道原と吉村は、三林善一郎の戸籍謄本と附票の文字を摘み取るようにノートに書いた。

「飯田の座光寺へいこう」

道原はそこに重大な事実が存在しているような気がした。

昭和十九年から、現在の北九州は米軍の空襲をたびたび受けるようになった。そのために門島家の家族は米軍の標的にされていないといわれていた栃木県の今市へ避難した。だが、そこでの暮らしは厳しすぎ、生きぬくことは困難と判断して、人の紹介を得て、信州の伊那へ移ったということだった。

3

翌早朝、道原と吉村は、福岡空港から松本に着いた。松本署へ帰署して、三船課長に捜査結果を報告した。戦時中、小倉出身の門島家の家族と、三林家の人たちが古里から遠くはなれた信州・伊那で暮らしていた時期があったことを話した。

「私も、戦時中、東京から伊那へ疎開してきた人の話をきいたが、いちばんの苦労は食べ物がとぼしかったことだといっていた。くる日もくる日も、山で採った木の実をまぜたご飯だけを食べていたそうだ。その人は小学校を伊那で送ったが、お昼の弁当を持ってくることのできない児童もいたということだった。育ち盛りにろくな物を食えなかったので、

長生きできないだろうといってたが、八十五歳になったいま、どこも悪くないといってい
る」

道原と吉村の車は、中央自動車道を南に向かった。伊那谷《だに》を貫く高速道は三州街道《さんしゅうかいどう》に沿っていて、ところどころで左の車窓に天竜川を映した。

旧座光寺村は現在飯田市になっている。JR飯田線の元善光寺駅が最寄りだ。あちこちにリンゴとモモの農園があって、［南信州《みなみしんしゅう》フルーツライン］という道路がリンゴ園のあいだを通っていた。

道原はノートを出して読み直した。門島誠治の母加代と妹千鶴が世話になっていたのは下条という家だったと書いてあった。

リンゴ園で作業していた高齢の男性を見つけてフェンス越しに下条という家はどこかを尋ねた。下条家はなまこ壁の土蔵のある大きい家だった。広い庭には蓆《むしろ》が二枚敷いてあって、その上には黄色の豆が陽をあびていた。蓆の端では白と黒毛の猫が目を瞑っていたが、玄関の前にいる茶色の柴犬は目を光らせた。土蔵の横を幅一メートルぐらいの浅い川が流れていて白や黒や茶の小石が底を埋めていた。

吉村が犬の動きを警戒しながら、玄関へ近寄って声を掛けた。

「はーい」という女性の声がして、母屋の横から格子柄のエプロンをした六十歳ぐらいの女性が出てきた。母屋の裏で洗いものでもしていたのか、その人はゴム長を履いていた。

「奥さんですか」

吉村がきいた。

「はい」

「松本の警察の者ですが、古い話をききにまいりました」

「古い話……。いつごろのことでしょうか」

主婦は眉間を寄せた。

「七十年以上前のことです」

「七十年以上前といったら、わたしが生まれる前です。そんなに昔のなにを聞きにおいでになったんですの」

「戦時中の出来事です」

「それでは、義母《はは》に会ってください。どんなことか分かりませんが、憶えているかもしれませんので。……どうぞ、家へお上がりください」

「お義母《かあ》さんは、おいくつですか」

道原がきいた。

「八十七歳です。耳が遠くなりましたけど、足腰はしっかりしていて、毎日、炊事をしてくれておりますんな」

主婦は玄関のガラス戸を開けた。黒い鼻緒の下駄とつっかけがそろえてあった。奥からは話し声がきこえた。それはテレビの音だと分かった。

道原と吉村は座敷へ通された。部屋の中央には赤黒く塗った座卓が据わっていた。

テレビの音が消えた。主婦が義母に、刑事が二人訪ねてきたことを伝えたようだ。

道原たちの背中から真っ白い髪の老婆が入ってきた。ふっくらとした丸顔で肌の色艶《いろつや》がいい。グレーのセーターに茶色のチャンチャンコを重ねていた。

「春枝《はるえ》でございます。ご苦労さまでございます」

下条春枝は畳に手をついておじぎをしてから、テーブルの向こう側へすわった。

「お元気そうでなによりです」

道原がいうと、春枝はにこりとして、

「わたしは、亡くなった主人や息子に、大食いだ大食いだといわれておりましたが、このごろは食が細くなりました。耳は遠くなったし、入れ歯の具合はよくないし、いいことはひとつもありません」

主婦がお茶をいれてきた。春枝はこの家の一人娘だったため、隣接の上郷村から同い歳の養子を迎えていた。養子は働き者で田畑を増やし、リンゴ園にも手を伸ばしていた。六年前急に足腰が弱って、二か月ばかり寝込んだ後に死亡したという。お茶をいれてきた主婦は春枝の長男の嫁だと語った。

「戦争真っ盛りの昭和十九年に、こちらのお宅へ、福岡県の小倉というところから、戦火を逃れてきた家族が世話になっていたと思いますが、憶えていらっしゃいますか」

道原が少し声を大きくして春枝にきいた。

「憶えとります。門島という名の人でした」

春枝の言葉ははっきりしていた。

「どんな家族でしたか」

「わたしより一つ下の小学生の男の子と、その子の妹を連れたお母さんでした。お父さんは戦地へいっていました。お母さんは、たしか加代さんという名でしたね。この辺では見られないような器量よしだったのを子どものわたしは憶えております」

「男の子は誠治、女の子は千鶴でしたね」

「そうでした。加代さんは、二人のお子さんを大事に育てるつもりだったようだが、あのころは食糧難で、米をつくっている農家でも白いご飯が食べられなんだで、加代さんは困っていたと思います。……加代さんは水仕事をしたことがないような、白くて細い指をしておりました。遊んでいるわけにはいかんといって、この家の農作業を手伝っていました。……わたしは誠治さんより一つ上でしたが、いつも一緒に学校へいきました。誠治さんは勉強がよく出来る子だったようです。体格もよかったと思います。……加代さんは、この家の横を流れている川の下流のほうへいって、小さい蟹《かに》を獲ってきて、塩で炒っていました。わたしにくれたこともありました」

春枝は話しているうちに、加代と誠治と千鶴についての記憶が蘇ってきたようだった。お茶を一口飲むと、旧い記憶を話しはじめた。

「寒いときだったで、一月か二月のことだったと思いますが、加代さんに、夫が戦地で亡くなったという報《しら》せが届きました。わたしの父はその前の年に、やはり戦地で亡くなっていました。加代さんは、泣いたり騒いだりしなかったようですが、柱に寄りかかって震えていたということでした。……わたしの母は、『いまにこの村から男はいなくなる』といっていました」

春枝は天井を仰いだ。七十余年前の出来事でも思い出そうとしているようだったが、肩をぶるっと震わせた。

座光寺村だけではなかったろうが、米軍の空襲のない伊那谷には都会からの学童がどっと増えた。空襲で家を焼かれた家族もいた。

ある日、春枝たちが学校から帰ると、下条家の囲炉裏端には十数人の年寄りの男女が集まってなにかを相談し合っていた。春枝は奥の部屋から話し合いをしている人たちを見ていた。集まった人のなかに何度か見掛けたことのある小柄なおじさんがいた。その人は若い奥さんと小学校低学年の子ども二人を連れて、名古屋市から戦火を逃れて近所の家に同居していた家族で、中里という姓だった。春枝がなぜ中里という姓を知っていたかというと、そのおじさんの子どもの胸の名札を見たことがあったからだ。

中里というおじさんは囲炉裏端でよく喋っていた。集まっている人たちの相談の内容は、塩がなくなったのでなんとかしなくてはということだと分かった。塩がないと、漬け物も味噌や醤油もつくれない。米の次に大事なことだと話していた。

中里のおじさんは、『名古屋へいけば塩は手に入る』というようなことをいった。それをきいた人たちは、それなら名古屋へ塩を買いにいってきて、と頼んだ。するとおじさんは、単独では少量しか背負えない。重い塩を背負える人を連れていきたい、といった。

集まっていた人たちは、額を寄せ合うようにして話し合っていたが、中里は誠治をあらためて見て、『きみは六年生にしてはいい体格をしている。力もありそうだ。おじさんと一緒に名古屋へいってくれないか』といった。大人たちの話し合いに興味を抱いてそばにいた誠治は驚いて、母に顔を向けた。母の加代は一瞬眉を寄せた。

囲炉裏を囲んでいた年寄りの何人かが、『そうだ、そうだ。門島の坊やがいい』とか、『ちったあ、みんなの役に立ってもらわにゃ』といい、中里のおじさんと一緒に名古屋へ塩買いにいくことが決まった。加代は口を真一文字に閉じていたが、目には涙が光っていた。

そのころの名古屋は何日かおきに夜、米軍の空襲を被っていた。木曽の山の向こうの空がオレンジ色に染まり、不気味な地響きが伊那谷にもとどろいていた。

加代は誠治の手をにぎって、『ごめんね』といったのを春枝は知っていた。

中里のおじさんと名古屋へ向かう朝、春枝は縁側から蔵を見つめていた。誠治がどんな服装でどんな顔つきをして出てくるかを見ようとしていた。が、彼は姿を見せなかった。代わって加代が出てきた。胸の前で両手の拳をにぎると走って庭を出ていった。その加代を見て、なにか異変が起こったのを春枝は感じ取った。その日、誠治は学校を休んだ。春枝は千鶴を呼んで、一緒に登校した。みちみち春枝は千鶴に、誠治はどうしたのかをきいた。『おにいちゃんは、お腹が痛くなったので寝ている』

誠治はほんとうに腹痛を起こしたのか、それとも、夜空をオレンジ色に染める米軍機の空襲に怯えたのかを春枝は考えていた。

「誠治さんは腹痛を起こした日は、学校へいかなかったでしょうが、その次の日はどうしていたでしょうか」

道原がきいた。

「登校したと思います。何日間も欠席はしなかったと憶えています」

春枝はお茶を一口飲むと、手を合わせて目を瞑った。これから話すことを考えているようにも見えた。

中里という人は、単独で塩買いに名古屋へ向かったのかを、春枝にきいた。

春枝は道原の質問がきこえなかったかのように目を瞑っていたが、目を開けると真っ直ぐ前を見て、

「誠治さんと同じように体格のいい男の子を一人連れて、名古屋へ出掛けました」

「それは近所の男の子でしたか」

「耕雲寺《こううんじ》というお寺の横に牛込《うしごめ》さんという家があります。その家にも他所からきた家族が住んでおりました。どこからきた家族かは知らなんだが、その家族には誠治さんと同い歳ぐらいの男の子がおって、その男の子を中里さんが指名して、塩買いに連れていったようでした。中里さんと名古屋へはいったが、なにかが起こったような気がします。牛込さんにもわたしと同年ぐらいのおばあさんがいますので、塩買いにいった人のことを尋ねてみてください。名古屋でなにかがあったようでしたけど、思い出せません」

道原と吉村は春枝と主婦に礼をいった。白と黒の毛の猫は廊下にすわって、二人の刑事が出ていくのを見ていた。

4

緩い坂を登って寺の前に着いた。ケヤキの枝が微風に葉を散らした。

牛込という家も構えが大きくて、やはり土蔵があり、農機具でもしまわれているのか小屋も建っていた。

この家の庭にも茶色の柴犬がいた。吠えなかったが、尻尾はよろこんでいいのかを躊《ちゅう》躇《ちょ》しているような振りかたをした。開け放された縁側で、短い髪の老婆が柿の皮をむいていた。道原たちが近づくと、メガネをはずした。

道原がおじぎをして、松本署の者だと名乗った。彼女は背筋を伸ばすと牛込アヤ子《こ》だと名乗った。この人も少し耳が遠いのか、右の耳の後ろに手をかざした。

道原が、昔の話をききにきたというと、いつごろのことだときいた。話しかたはしっかりしている。

「戦時中のことです」

「戦時中。それはまたずいぶん前のことですね」

「あなたが、十一歳か十二歳のときですが、こちらに、戦火を逃れて都会から避難してきた家族がいたと思いますが、憶えていらっしゃいますか」

「憶えています。うちには二家族がきておりました」

「二家族が。……その家族の名字を憶えていますか」

「ええ、はっきりと。……東京からきていたのは梅木《うめき》さんといって、お母さんが娘を二人連れてきていました。上の娘はわたしと同い歳でした。もう一組は三林といって、やはりお母さんが、娘と息子を連れてきておりました」

「三林……」

道原はつぶやいて、吉村と顔を見合わせた。

吉村はノートに走らせていたペンの動きをとめた。

「三林さんは九州からでした。空襲に遭って家を焼かれたといっておりました。お父さんは兵隊さんだったが怪我をして、広島の病院に入院しているといっていましたけど、昭和二十年八月、アメリカに原爆を落とされて、入院中の病院で亡くなったんです。その前に……」

アヤ子は白い頭に手をやった。瞳をくるりと動かした。記憶を整理しているらしい。

「そうだった。思い出した」

アヤ子はそういって背筋を伸ばし、すわり直すように腰を動かした。

「お寺の向こうに久野《くの》さんという家があります。うちと同じで農家です。そこには名古屋からきた中里さんという家族が同居していました。中里さんは若い奥さんと小学校低学年の女の子を二人連れていました。主人の中里さんは久野さんの畑を手伝っていましたが、ある日、近所の何人かが集まって、中里さんが名古屋へ塩の仕入れにいく相談がまとまりました。どの家も塩がなくて困っていたときだったんです。中里さんが、名古屋へいけば塩を仕入れることができるといったからのようでした。中里さんは名古屋に住んでいたとき、なにをしていたのか知りませんが、よく喋るし、いろんなことを知っている人だと、わたしの母はいっていました」

「塩の仕入れに、中里さんは独りでいったんですね」

「独りじゃありません。独りでは背負える量が知れとるでといって、三林さんの息子と一緒にいくことにしたんです。三林さんの息子は体格がいいし力もありそうなので、一緒にいってくれと中里さんがいったんです」

「三林さんの息子は何歳でしたか」

「わたしと同じ十一歳でした。息子は中里さんに指名されると、一緒にいくと返事をしたんです。それをきいた息子の姉が、わたしもいくといいました。そのころ名古屋はたびたび空襲を受けていましたので、三林さんのお母さんは中里さんに息子が指名され、それを断わることができなくて、苦しんでいたと思います。……名前を思い出しました。三林さんの息子は善一郎さん、姉さんは恒子《つねこ》さんでした。恒子さんは善一郎さんより二つ上で、勉強がよくできる人だったようです」

アヤ子は、二人の名を思い出すと、急に眉間を寄せ、両手で顔をおおった。首を左右に振った。まるで思い出したことを後悔しているふうでもあった。

数分のあいだ両手を顔にあてていたアヤ子は、震える声で、

「三人が名古屋へ出発したとき、わたしは母と一緒に、元善光寺駅で見送ったのを憶えと

ります」

といって、また顔を手でおおった。彼女が声を震わせたわけが次の言葉で分かった。

「塩買いに名古屋へいった中里さんと善一郎さんは、重たそうなリュックを背負って、何日か後に帰ってきましたが、恒子さんはいませんでした。アメリカの飛行機の空襲にやられて、亡くなったといって、彼女が着ていたシャツを持って……。三林のお母さんは、そのシャツを抱きしめて、恐い顔をしていたのを憶えとります。善一郎さんも怪我をして、手に包帯を巻いていました。それから善一郎さんは、何日も学校へいかず、部屋にひきこもっていたようでした」

「善一郎さんの怪我は、重傷だったのですか」

「たしか右手の指を、アメリカの飛行機に撃たれたようでした。それを隠していたのか、ずっと包帯を巻いていました」

昭和二十年八月、戦争は終わったが、三林善一郎と母は座光寺村に残っていた。善一郎の高校卒業を母は待っていたようだった。母子が九州へもどってしばらくすると、善一郎の母から牛込家へ、魚の干物が送られてきた。アヤ子は、魚の干物を食べながら、塩買いにいったきりもどってこなかった恒子のことを思い出していた——

帰署した道原と吉村は、あした門司へ向かう準備をした。門司区柳原町《やなぎはらまち》の坂道の途中にあるブルーライトビルを頭に浮かべた。そのビルには三林善一郎と長男の典幸の家族が住んでいる。ビルの三階には「三林」という会社があって、善一郎と典幸が従事しているようだ。会社とはいっても登記されていない事業所だ。そこには従業員が何人もいるようだが、どのような事業をしているのかは分かっていない。

その「三林」へ、田中永久と竹川実らしき人物が入ったのではないか。道原たちは確信した。

田中は特殊詐欺に悪用されているカモリストをつくっていた。もしかしたら「三林」は、詐欺行為の拠点なのかもしれない。そうだとしたら田中は、個人情報を調査したリストを納めるために「三林」を訪ねたのではないか。いわば取引先であるから出入りしていたことが考えられる。が、竹川はなんのために訪ねたのか。竹川は田中と同じように個人情報の調査でもはじめようとしているのだろうか。

道原は門司署の柳川警部に電話し、あす、門司区柳原町の「三林」という会社を訪ねる。その会社の事業内容も怪しいが、代表者の三林善一郎は、小倉出身だったが戦時中、長野県下伊那郡座光寺村で避難生活を送っていた。その間に、名古屋からきて同じように避難生活をしていた男と一緒に、当時欠乏していた塩の仕入れにいった。なぜ小学生の善一郎が塩の仕入れにいくことになったかというと、村には適当な男がいなかった。そこで小学生にしては体格のよかった善一郎が選ばれた。彼が選ばれると、彼をかばおうとしてか、彼の姉が、『わたしもいく』と志願した。一人より二人、二人より三人のほうが塩を多く仕入れてくることができるので、彼女の志願は歓迎された。

だがいった先では地獄が口を開けて待っていた。米軍機の空襲に遭ったのだ。善一郎の姉は敵の弾丸をあびて死に、彼も手に怪我を負った。彼は姉が着ていたシャツを抱き、敵機に撃たれて怪我をした指を押さえ、塩を背負って帰ってきた。

「その当時の話を、善一郎からじっくりきくために、訪ねるんです」

道原がいうと、柳川警部は、道原たちに同行すると答え、

「三林善一郎の話をきくだけではありませんね」

と、低くて重おもしい声を出した。

5

道原と吉村は、雨上がりの松本空港から福岡空港へ飛んだ。飛行機が着陸態勢に入ったあたりで雲が割れ、海と緑の島が見えはじめた。上空から見下ろすと九州も山が多い。その山々はいずれも濃い緑だ。紅葉にいろどられるのは二か月後ぐらいではないだろうか。

列車で門司へいき、門司署に着いたときには日が暮れていた。

柳川警部は道原たちの到着を待っていた。会議室へ案内されると、六人の刑事が柳川の

左右に腰掛けた。簡単な打ち合わせをすませた。

「三林の従業員が帰る前に……」

全員が風を起こして立ち上がった。

ブルーライトビルの三階に着いた。三林の事務所は施錠されていた。ドアをノックすると三十歳ぐらいの女性がドアを開けた。唇を濃く塗って、髪は茶に染めていた。ドアの外に男たちが幾人もいたので、彼女は驚いてか後じさりした。

身分証を見せて、

「三林善一郎さんはいますか」

道原が女性に尋ねた。

彼女は声を出さずうなずいた。

「三林典幸さんは」

「おります」

彼女の返事をきいて、柳川と道原と吉村が事務所に入った。木製の衝立が進入を防ぐように立ちはだかっていた。女性を押しのけて衝立を越えた。五、六人の男が向かい合うように椅子にすわっていた。彼らの前には固定電話とコピー用紙が置かれていた。

いちばん手前の髪を短く刈った男のデスクに近寄った。男はデスクの上の用紙を裏返しにした。

「なぜ隠すんだ」

柳川は、男が裏返しにした用紙をつかんで表を出した。それには人名、年齢、電話番号、住所、持ち家、健康状態、性格などの文字が整然と刷られていた。

「この人に電話を掛けて、キャッシュカードの交換でもすすめていたのか」

柳川がきいたが、男は横を向いてなにも答えなかった。ほかの男たちは顔を伏せて黙っている。

事務所内のようすが伝わったのか、奥のドアが開いて、長身の男が出てきた。鼻の下に髭をたくわえている。五十代半ば見当だ。目を吊り上げて、「なんだ」といった。

「三林典幸さんですね」

柳川がきいた。

「私の名をどこできいたんですか」

声はわりあい穏やかだ。

「調べたんだ。この事務所の仕事はなんだ」

柳川は典幸に一歩近寄った。

「ご覧のとおりです。警察に踏み込まれたんじゃしょうがない」

典幸は口元をゆがめた。男女の従業員が特殊詐欺の電話を掛けていたのを認めたようだ。

典幸の背中から白髪頭の顔がのぞいた。顔も目も大きい。

「三林善一郎さんですね」

柳川は声を大きくしてきいた。

「警察か」

きかれた氏名を認めなかったが、部屋を出てきた。身長は一七〇センチぐらいで肩幅が広く小太りだ。

「特殊詐欺行為で、全員を逮捕する」

通路に待機していた署員が足音をさせて踏み込んだ。室内を撮影して、全員を車に押し込んだ。彼らはかねてから覚悟ができていたようで、抵抗する者はいなかった。

夜間だが、この事務所を訪ねる者がいるかもしれないということで、見張りの署員を呼び寄せた。


門司署に着くと、まず善一郎を取調室へ入れた。柳川警部が、特殊詐欺行為をあらためて認めさせると、道原が交代して善一郎の正面へ腰掛けた。彼は大きい目をぎょろりと向けた。背筋を伸ばして姿勢はいいし、顔の色艶もいい。額に太い皺が三本あって、眉間にも二本深い皺が立っていて、やや険しい面相の八十六歳だ。鼻の頭が赤いのは飲酒のせいではないか。

「からだは丈夫そうだし、若く見えますね」

道原は目を細め、長野県警松本署の刑事だと告げた。

「よく運動をするし、よく食べるからでしょう」

低いがはっきりした声だ。ブルーライトビルの事務所でもそうだったが、悪びれているようすがない。

「私たちは、管内で発生した事件の捜査に出張してきている。その事件とは関係はなさそうだが、参考までにきく。高齢の人たちに電話を掛けて、現金を騙し取る犯行を、いつからやっていたんだ」

「六年か七年前」

「だれかから教えられたのか」

「いや。自分で考えた」

「個人別電話帳を見て、片っ端から電話を掛け、騙し易そうな人にうまいことをいって、現金やキャッシュカードを騙し取る行為とは、ちょっと違った方法を用いていたようだが」

「調べたんですか」

「そうだ。松本署の管内にいた男が、あちこちへ出掛けていって、年配の人たちの身辺を調べ、それをリストにしてまとめているのをつかんだ。それをやらせていたのは、あんただったんだな」

「何人かに下請けをさせていた」

「何人にやらせていたんだ」

「五人」

「五人のなかに、矢崎武敏と田中永久が入っているだろう」

「よく調べたんですね」

善一郎は薄笑いを浮かべたように口元をゆがめた。

道原はノートを目の前へ置いて、四、五分のあいだ黙っていた。

「刑事さん、タバコを持っていたら、一本吸わせてくれませんか」

「タバコを吸っているのか」

「たまに吸いたくなるんです」

「私は吸わないし、持っていない。この部屋は禁煙なんだ」

善一郎は、「ふん」というふうに顎を前に出した。この男は、若いときから不良性があったのか。それとも人生の波風をかぶっているうち、気性がゆがんできたのか。

「いままで、善良で素朴な人たちから騙し取った金額は、どのぐらいだ」

「正確には憶えていないが、七、八億かな」

「騙された人たちは、もどってこない金額に泣いているんだぞ」

「世のなかには、お金を持っている人はいるもんだと思ってますよ」

善一郎は、悪いことをしたとは思っていないらしく、少しも表情を変えなかった。

道原は彼をひとにらみして、聴取内容を変えた。

「あんたは小学生のとき、信州にいたね」

彼はどきっとしたのか、上半身を後ろへ退《ひ》いた。

「戦時中、お母さんと姉さんとで、信州の座光寺村へ疎開していたね」

彼は返事をせず、鼻の下を撫でた。

「座光寺の牛込という家の土蔵を借りて住んでいた。食糧事情がきわめて悪いときだったから、食べ盛り、育ち盛りの二人を抱えて、お母さんは苦労なさっていただろうね」

刑事はなにをいいたいのかというように、善一郎は道原の顔を見すえた。それまでは傲《ごう》慢《まん》に見えていた表情が硬くなった。

「昭和二十年の夏のことだ。名古屋から戦火を逃れてきていた中里という人に連れられて、名古屋へ塩の仕入れにいった。中里という人は、小学生にしては体格のよかったあんたを塩買いに指名したが、あんたの姉さんが一緒にいくといった。あんたを見て心細いだろうと思ったからにちがいない。……あんたにとっては一大事だったはずだ。そのときのことは忘れていないと思う」

詳しく話してくれ、と道原は善一郎の顔をじっと見ていった。

彼はうなずきもしないし、首を横にも振らず、凍ったように黙っていた。鼻の頭の赤みが褪《さ》めたようにも見えた。

十分以上、なにもいわなかったが、両手を毛の薄い頭にのせると咳をした。重大なことを告白する準備のようだった。

「あれは暑い日だった」

善一郎は口を開いた。

「中里さんと姉の恒子と私は、名古屋で買った塩をリュックに詰めて背負っていた。それは重たくて、三人はぐっしょり汗をかいていた。地理はよく分からないが春日井《かすがい》というところを歩いていたことだけは憶えている。……歩いているうちにサイレンが鳴りはじめた。中里さんが『空襲だ』と叫んだ。姉と私にとっては初めてのことだった。空襲は夜間のことばかり思っていた。……私たちは学校へ避難した。避難している人は何人もいた。頭の上でものすごい音がした。アメリカ軍の戦闘機が校舎の屋根すれすれに飛んでいた。私たちは渡り廊下のようなところに隠れていたが、飛行機からはそれが見えるのか、まるでぶつかるように迫ってきて弾を撃った。それは何度も繰り返された。操縦しているアメリカ兵の顔が見えた。その顔は笑っているようだった。弾丸は煙を吐いて目の前のコンクリートの上を転がった。姉は這って、中里さんのそばへいこうとした。上空からすごい音とともに降下してきた戦闘機は、姉を撃った。姉は床から跳ねるような格好をしたが、それきり動かなくなった。姉のすぐそばで耳をふさいでうずくまっていた女の子も、撃たれて、丸太のように転がった。姉のシャツの背中が真っ赤に染まっていた。私は姉のところへ這い寄った。戦闘機はそれを見ていたように降下してきた。右の手に熱さを覚えた。気が付くと右手の中指が真ん中からなくなっていた。機銃掃射の弾にやられたのだった。……中里さんは、死んだ姉を抱いて教室のようなところへ避難した。中里さんは着ていたシャツを脱ぐと、それを裂いて私の手の血をとめた。……その空襲で何人かが死んだのを、私は次の日に診療所のようなところで知った。……姉は担架に乗せられて、どこかへ運ばれていった。中里さんと私は、姉が背負っていた塩を二つに分けて背負った。私は血に染まった姉のシャツを丸めて抱いた。それを片時もはなさず抱いて、座光寺へ帰って母に渡した。……第二関節から先の失くなった右手の中指は醜かった。その手のことを学校で、どのぐらいからかわれたか。死にたいとさえ思ったこともあった」

彼はそこまで話すと、悪寒《おかん》でも覚えたように、ぶるっと身震いした。

「これも座光寺で暮らしていたころのことだが、下条という家があったのを、憶えているだろうね」

道原はきいたが、善一郎は、憶えているとも知らないともいわなかった。だが、眉間に立った二本の皺はいっそう深くなったように見えた。

「下条という家には、あんたの家族と同様小倉から門島という家族がいって、住んでいた」

善一郎はまたも悪寒を覚えたようにからだを震わせると腕を組んだ。

「門島という家族を憶えているだろうね」

彼はなにも答えない。約一時間、同じ姿勢で、目を伏せていたが、水を飲みたいといった。

グラスの水を運んできた若い刑事は、身動きしない善一郎を立ちどまって見てから、取調室を出ていった。

「あんたと姉さんと一緒に、名古屋へ塩を仕入れにいった中里さんは、あんたと同じように体格のいい門島誠治さんを連れていくことにしていた。ところが名古屋へ出発する朝、誠治さんは腹痛を起こして寝床をはなれられなかった。そこで誠治さんのお母さんは中里さんを訪ねて、事情を話した。中里さんは、『分かった』と答えたらしい。そしてすぐに代わりの人を考えたようだ。思い付いたのがあんただった。……あんたにも、お母さんと姉さんにも、門島誠治さんを連れていくことになっていたと、事情を話したにちがいない。……名古屋で買った塩を背負って、無事帰っていれば、門島誠治の名は忘れてしまったかもしれない。だが現実は地獄にひとしくて、大切な姉さんを失い、あんたは指を一本失くした。この悲惨な状態を招いたのは、門島誠治が約束を破ったからだと、あんたは考えるようになった。そうだろ」

道原は声に力を込めた。

善一郎の頭がわずかに揺れた。彼は、誠治が名古屋へいくことに怖気《おじけ》づき、仮病を使ったものと疑った。誠治が憎くなった。臆病者と非難するだけではその怒りはおさまらなかったにちがいない。

6

三林善一郎は、門島誠治への復讐を考えつづけていたものと道原はみている。誠治から直接被害を受けたのではないが、彼の尻込みが悲惨な結果を生んだのだと解釈した。もしかしたら誠治は、中里さんに、自分より三林善一郎のほうが体力がありそうだとでもいったのではないかとも疑った。

「門島誠治さんを殺すことを計画したのは、いつなんだ」

道原は、腕組みしている善一郎をにらみつけた。

「高校を卒業したころ、誠治の後を尾けた日があった。スキを狙って川へでも突き落とそうかって考えていた。誠治のことが憎くて憎くてしょうがなかったからだ。だが、川へ突き落として殺せば、警察が調べる。捕まれば、どんな理由を並べても許してはもらえない。そこで焦る気持ちを抑えて、復讐行為には時間をかけることにした。五年や六年ではやったことがバレてしまいそうだ。そこで十年待った。その間に誠治の職業や生活を把握していた。彼にも人生の絶頂期が訪れるはずだと考え直し、それを待つことにした。そのうちに自分も歳をとった。病気をすればいつ死ぬか分からない年齢にさしかかった。そこで誠治に対しての鬱憤を晴らす計画を練った」

「あんたは、自分で殺ったんじゃないだろう」

「分かりましたか」

善一郎は唇を割った。黄色い歯がのぞいた。

「息子の典幸に、戦時中に経験したことを詳しく話したんだろ」

「ああ、じっくり話した。門島誠治への恨みも話した」

「復讐を計画していることも……」

「話した。典幸は、復讐なんかやめろっていうかと思ったが、彼は、『おやじは手を出すな。おれがおやじの悔しさを晴らしてやるから現場にも近づくな』といった」

以来、父子は、善一郎の復讐に関する話は一切しなくなった。

十二年前である。門島誠治が下関の海で死亡したことを、善一郎は新聞記事で知った。誠治のからだには殴られたと思われる傷跡があったことから、彼は何者かに殺害されたものと警察はにらんだと記事にあった。

七年前、門島孝光という男が、門司区のマンションの通路から転落して死亡したという新聞記事を善一郎は読んで、目を丸くした。孝光は誠治の息子であった。遺体には転落直前に何者かと争ったと思われる傷跡があったし、手すりのある通路から過って落ちることは考えられない点から、警察は他殺と断定したと記事にはあった。

今年の九月初め、門島由紀恵という三十五歳の女性が、長野県の北アルプス・北穂高岳への登りの途中、落石の直撃を受けたように見せかけ、石で頭を打たれて殺された。加害者は男だったのを、漫才コンビの道端家ねびえところんが、登山コース上部で目撃、という新聞記事を善一郎は読んだ。その女性の住所は小倉北区。門島姓だったので善一郎はその女性の住所の近所の人に、どういう人だったかをそっと尋ねてみた。すると、その女性の父も祖父も殺害されていたことが分かった。近所の人は、『門島さん一家は、なにかに呪われていたらしい』といった。

典幸は、高校生のときから登山をしていて、毎年、雪解けごろと夏の終わりごろ、山登りに出掛けていた。山頂の山小屋で、小倉からきていた女性に会ったことがあると話していたのを、善一郎は思い出した。

門島誠治も、孝光も、由紀恵も何者かに殺害されたのだが、いずれの事件も犯人は挙がっていなかった。人の話では、孝光は誠治の事件を、由紀恵は孝光と誠治の事件を密かにさぐっていたようだったという。

道原は善一郎に、

「松本市の矢崎武敏という男に、カモリストの作成を依頼していたのではないか」

ときいた。

「矢崎は古物商でした。私は彼と博多の飲み屋で会ったんです。知り合いじゃなかったが、矢崎のほうから声を掛けてきて、手放してよい物があったら見せてくれないかといわれました。小倉の私の家には日本刀がしまわれていた。それを思い出したので矢崎に話すと、ぜひ見せて欲しいといった。それで小倉へ呼んで刀を見せると、彼は買い取りたいといった」

「刀を売ったんだね」

「いい値で買ってくれた。そのことが縁で彼と付合いがはじまった。……私は中国との貿易をやっていたが、相手のずる賢さに嫌気がさして、その取り引きを打ち切っていた。そのことを矢崎に話したら、あまり元手のかからない面白い商売があると彼はいった。どんな商売かってきいたら、半ボケの年寄りにうまいことを電話でいって、現金を奪うのだといった。そういう詐欺があることを前から知ってはいるが、手間がかかって効率がよくないのではというと、電話帳を見て片っ端から電話を掛けたりしているからだ。それより、小金を持っていそうな年寄りの身辺を調べ、騙せそうな人を目標にすると、そのやりかたを矢崎は語った。標的になる年寄りをどうやって選ぶのかときいたら、何年か前まで名簿屋という商売があった。いろんな物を売り込む商売向けにつくった名簿だ。たとえば、住宅を欲しがっている人たちの名簿とか、定期預金を何百万円以上持っている人たち。……そういう名簿のなかから、『昭和一桁生まれの人たち』というのを選ぶ。その名簿に並んでいるのは七十代から八十代の人たち。その名簿をもとに各人の資産や職業や家族構成や人柄を調べ、騙せそうな人に電話を掛け、何々で当選したとか、還付金があるなどといって、キャッシュカードの暗証番号をきき出したり、現金の振り込み先を教えたり、家族を名乗って急に金が必要になったなどといって……」

「悪質だな」

「そりゃ分かっていますけど、直接現金が手に入る商売なので」

「乗り気になって、人を集めたんだな」

「ええ。やるんなら、本格的にと思いましてね」

善一郎は左手で顔をこすった。水のグラスを持ったのも左手だった。

「矢崎は遠方へ出掛けていって、年寄りの身辺を調べて、カモリストをつくっては、あんたのところへ納めていた。……その彼が九月九日の夜、下関で、バットのような物で殴られて、海へ放り込まれて殺された。あんたが殺ったのか」

「いいや」

「矢崎は四百万円もの現金を身に付けていた。それはあんたが支払った金じゃないのか」

「そうだったと思います。カモリストを納めにきたので、支払ったんです」

「支払った現金を奪い取ろうとして、だれかにやらせたんじゃないのか」

「私は、手出ししていない」

「じゃ、殺ったのは典幸だな」

「黙って、カモリストをつくっていりゃあいいのに、よけいなことを典幸にいったからです」

「典幸になにをいったんだ」

典幸が九月一日に登山に出掛け、四日に帰ってきたことを、矢崎は三林で「掛け子」をしている従業員からきいた。それよりずっと前に、七年前の七月、門島孝光がマンションから転落して死亡した夜、そのマンションの近くで典幸によく似た男を見たという人がいる、と矢崎は典幸に直接いったらしい。それは矢崎のつくり話だったかも知れないが、典幸は矢崎を危険な人間と見るようになっていた。矢崎は門島由紀恵とは知り合いだった。彼は古物商のころ、由紀恵の父親にも祖父にも会っていた男だった。十二年前の門島誠治の事件にも関心を持っていたらしく、誠治と一緒に仕事をしていた人たちに会っていたのを、典幸はつかんでいた。それで、いつかは始末しなくてはならない人間として、スキを狙っていたらしい。

「詐欺集団の三林へは、田中永久という男が出入りしていたね」

道原はノートをめくり、胸を張ってきいた。

「詐欺集団なんて、いわないでください」

善一郎は疲れてきたのか、テーブルに左の肘《ひじ》をつき、顔をのせた。まるで親しい者と会話をしているような格好だ。

「なんて呼べばいいんだ」

「三林でいいじゃないですか」

瞳をぐるりと回転させた。

「田中永久について答えなさい」

「彼は、根っからの詐欺師なんです。高野院なんていう名を使って、東京銀座の有名デパートを陶芸家だといって騙くらかして、自分が焼いた物でもない器を見せて信用させ、陶芸展をやらせた。弁が立つので、使いみちはあるとみているんです」

「田中にもカモリストをつくらせていたようだが……」

「矢崎ほどの量じゃないが、正確な調査をしてきました。彼がつくったリストに載っている人の八十パーセントがカモでした」

善一郎はちらりと黄色い歯をのぞかせた。

「三林へは、竹川実という男も出入りしていたが、どんな関係だった」

「うちへ出入りしている者を、ずっと見ていたんですね」

道原は返事をしなかった。

善一郎は機嫌を損ねたような表情をして、竹川実は田中永久が連れてきたのだが、陰気な男だったといった。

「竹川はなにしにきたんだ」

あらためてきいた。

「五、六日前に葛尾なんとかいう女のルポライターが殺された。そのライターはここを訪ねていたはずだとかなんとかって竹川はいっていた。竹川には典幸が会ったが、そういう人はきていないって答えていた」

「竹川は黙って帰ったんだな」

「田中と一緒に帰りました」

「竹川は、葛尾奈々子を殺したのは、典幸だろうとにらんだので、ようすを見にきたにちがいない。典幸は、田中も竹川も危険な人物とみていたんじゃないのか」

「田中は、おとなしくカモリストをつくっていればいいのに、妙な男と知り合ったものだ」

「二人がどこで知り合ったのかを、きいたか」

「竹川は板前で、東京銀座のなんとかいう料理屋に勤めていた。田中はそこへ客としていって、知り合いになったらしい」

田中永久は、松本にも笛吹市にもいない。どこにいるのかを知っているかと道原は善一郎にきいた。すると、遠方でカモリストをつくるための調査をしているのだろうと顔を天井に向けていった。

柳川警部が取調室へ入ってきた。道原の耳に口を寄せ、別室で取調べを受けていた典幸が、葛尾奈々子殺しを認めたといった。

道原はテーブルの下で指を折った。三林典幸が手にかけた人数を数えたのだ。


道原は典幸の正面に腰掛け、松本署の刑事だと名乗った。

典幸は長身で、肩幅は広く、胸板は厚い。陽を浴びることが多いのか、顔は健康そうで黒かった。体格はいいが、眉は薄く、目は細く、唇は白っぽい。

「十二年前だが、船の修理をしていた門島誠治さんが一服つけるために、甲板に出てきた。そこを狙ったんだろうが、なにか声を掛けたか」

典幸は首を横に振った。

「あんたは名乗ったか」

「いいえ」

「じゃ誠治さんは、だれに、なんのためにやられたのか分からないまま亡くなった。……七年前にマンションの通路から突き落とした門島孝光さんには、なにかいったか」

「いいえ」

「彼も、だれに、なんのためにやられたのか分からなかっただろう。二人は地の底から訴えつづけていた。その声が私たちに届いたんだ。……由紀恵さんとは、北アルプスの山小屋で知り合ったらしいが、それは偶然だったんじゃないな。彼女の山行計画をつかんで、山へ登っている彼女の後を尾け、山小屋で食事のときにでも声を掛けたんだろ」

典幸は、道原の顔をちらっと見てから、小さくうなずいた。

「九月二日に、北穂山頂の山小屋で落ち合う約束でもしていたんだろうが、あんたはどこへ登っていたんだ」

「前の日に、上高地の公衆電話から、穂高岳山荘に泊まって、北穂へ向かうので、北穂高小屋で会いましょうといいました」

「あんたが、涸沢と北穂を結ぶコースを下っていくのを、目撃した人がいた。穂高岳山荘に泊まって、北穂へ向かうと彼女に伝えたのは嘘で、彼女よりも先に登って、コース上で彼女が登ってくるのを待っていたんだろ」

典幸は細い目をまばたいて、そのとおりだと答えた。

「九月九日の夜、あんたは矢崎武敏さんと会っていたのか」

「いいえ。彼はリストを納めに事務所へきました。リストの代金を受け取ると、コーヒーを飲んで、『きょうは下関へいく』といって出ていきました。夕方です。……彼はリストを納めにきたんですが、父に向かって、知り合いの女性が山で死んだと話していました。

門島由紀恵のことでした。その女性の父も祖父も事件に遭って死亡したと、父の反応を試すような話しかたをしていたんです。彼は由紀恵の事件でも調べるのではないかと思ったので、後を尾けることにしました。だれかと会って食事をしたのかどうかは分かりませんでした。……また歩きかたをした。酒を飲んだらしく、店を出るとからだを揺らすようなタクシーを拾った。降りたところは、みもすそ川公園でした。だれかに会うつもりなのかと思って、じっと見ていたんですが、彼に近づいてくる人はいませんでした。……彼は酔いを覚ますつもりなのか、そこが好きなのか、海沿いを歩いたり、海を眺めたりしてから、長州砲のところへいきました。砲身を撫でていましたが、急に大きな声を上げた。近くにいたカップルはその声に驚いたようでした。酒を飲むとヘンなことをやる男だということを初めて知りましたが、私は身震いを覚えたんです」

「なぜだ」

「彼に大きな声を上げさせた大砲は、私たちを狙い撃ちするように感じたんです」

「それで、棒でも拾って、殴りつけたんだな」

一発殴ると、矢崎は振り向きもせずに海へ飛び込んだのだという。

矢崎武敏を始末した翌々日、ルポライターの葛尾奈々子という女性が事務所へやってきた。彼女は、『矢崎さんがたびたびこちらを訪ねていたようだが、その目的か用事はなんだったのか』ときいた。彼女は矢崎と知り合っていて、なにかと情報交換をしていたようだとにらんだ。

　それで九月十二日の夜、典幸は、彼女の住所の近くにいるのだが、手が空いていたら一杯飲らないかと誘った。すると彼女は、体調がすぐれないので外出したくない。近くにいるのなら自宅へ寄ってくれないかといった。

「葛尾さんは、酒を飲んでいたと思うが」

　道原は典幸の細い目をにらんできいた。

「テーブルの上にビールの缶とグラスが置いてありましたので、来客があったのだなと思いました」

「彼女はあんたに対して、どんなことをいったんだ」

「『三林さんの家族は戦争中、信州の伊那へ疎開していたんですね』といったんです。その言葉をきいて私は、どきっとしました」

　なぜ五人も手にかけたのか、ときくと、初めは長年父が抱いていた鬱憤を晴らすつもりだったが、一人を始末すると、刃物を携えて肉迫してくる者がいるという恐怖に四六時中怯えるようになった。他人を見ていると、いつかはその人間に背中を刺されるような戦慄《せんりつ》を覚えた、と胸に手をあてて答えた。

　門司署は、特殊詐欺行為の「三林」で働いていた「掛け子」と「受け子」の全員を逮捕した。「掛け子」のリーダーの話から、典幸があらたな事業を計画していた事実をつかんだ。ヨモギやハコベやツクシなどの野草と野菜を煮しめて、小麦粉で丸め、頻尿《ひんにょう》、尿漏れ、残尿感に効くというサプリメントを製造して、通信販売をする。この事業を発案したのは、田中永久。田中は竹川実という男を典幸と善一郎に紹介して、典幸とともに新事業を立ち上げようとしていた。が、典幸は本職は板前だったという竹川の正体に関心を持って、素性を嗅いだ。そこで、竹川が門島由紀恵の夫だったことと、現在、戸畑の入江家に同居している綾乃の父親であるのを知って、総毛立った——

解　説

山前《やままえ》　譲《ゆずる》
（推理小説研究家）

旅情と人情、そして詩情――。

ミステリーの最大の興味はやはり、犯罪の謎解きだろう。動機や犯行方法の解明、そして真犯人へのアプローチが読者の興味をそそっていく。そこには人間ならではの好奇心が反映されている。何か謎めいたもの、何か不思議なものが我々の目の前に提示されると、それを解明せずにはいられないのだ。

ただ、梓林太郎氏の道原伝吉《みちはらでんきち》シリーズの魅力は、それだけに止まらない。犯罪に関係した人物それぞれの心の葛藤に道原が迫っていくなかで描かれる、さまざまな「情」が謎解きに重なりあって独自の作品世界を構築しているからだ。そしてなによりも、読後の余情がその作品を忘れがたいものにしてきた。

そうしたシリーズの魅力は、二〇二〇年四月にカッパ・ノベルス（光文社）の一冊として書下ろし刊行された本書『小倉・関門海峡殺人事件』でも変わらない。いや、ここではとりわけ際立っていると言いたい。

発端はいつものように「山」での事件である。北穂高岳山頂の直下にいるという登山客から、緊急の電話が入った。女性が血を流して岩場に倒れているという。山岳救助隊の伏見《ふしみ》らがすぐ現場に駆けつけたけれど、その女性はすでに息をしていなかった。

身元はすぐ判明する。門島由紀恵《かどしまゆきえ》・三十五歳。北九州市小倉在住……。小倉から駆けつけた彼女のひとり娘のけなげな姿にきっと心奪われるだろう。検視の結果、遺体に不審な点があった。他殺と判断され、松本署の道原伝吉と吉村夕輔《よしむらゆうすけ》の執念の捜査がつづくが、それは思いもよらぬ方向にすすんでいく。被害者をめぐる複雑な人間関係が最後まで道原を苦しめるのだった。

門島由紀恵が北九州市の小倉在住だったことから、道原と吉村の捜査行は関門海峡を挟んでの北九州市や下関市をメインに展開されていく。その過程で、海に向けられた視線から醸し出される詩情がとりわけ印象的である。

道原伝吉は小倉のホテルに泊まった。

角部屋の窓のカーテンを開けると、街の灯が遠方までぎっしりと広がっていた。まるで繁華街を見ているようだ。道原は部屋の電灯を消して小倉の夜景に見入った。目が部屋の暗さに慣れてくると、窓の外の建物のかたちが分かるようになった。左手のほうはどうやら紫川の河口らしかった。［中略］右から左へ列車が走っていった。音はまったくきこえない。眼下の道路の光の往来はまるでオモチャを遊ばせているようである。なんのへんてつもない風景かもしれない。しかし、読み終えたならば、道原の視線の先に思いもよらぬ死を迎えた人たちの姿があるのに気づくだろう。

門島由紀恵の山仲間であった稲田静絵《いなだしずえ》は、門司の田野浦館の女将だった。その旅館は関門橋の下にある和布刈《めかり》神社の大鳥居の近くにあった。道原たちはその神社を参拝している。

海に突き出た岩に足を掛けて海を眺めた。黒い岩の上に石灯籠がぽつんと立っていた。ここは早鞆ノ瀬戸《はやとものせと》といって、潮の流れが見えるところだった。青い海面を見ていると海峡の中心部あたりが川の流れのように波立っている。そこだけがなにかに逆らって騒いでいるようだ。黒い船腹に赤いラインの船が、日に四回は潮の流れが変わるという中心部を、ものともせずに通過した。この海峡の狭い部分の幅は約七百メートルだという。

とりたてて何かを強調しているわけではない。ただ目の前の情景を描いているだけなのに、そこから「情」が迫ってくるのが梓作品なのだ。

いつも以上に切ない情景描写がこの長編で胸に迫ってくるのは、やはり小倉をメインの舞台にした作品だったからに違いない。現在は北九州市の一部である小倉は、北九州工業地帯の中心地として栄えたところだが、文学的にはやはり松本清張氏がデビューした街として特筆されるだろう。

一九五一年、「西郷札」でデビューしたとき、松本氏の自宅は小倉にあり、朝日新聞西部支社に勤務していた。そして森鷗外をテーマにした芥川賞受賞作のタイトルは「或る『小倉日記』伝」だった。松本清張作品と小倉を中心とした北九州との密接な関係はあらためて言うまでもない。

そして一九九八年、小倉城の近くに「松本清張記念館」が開館した。事件の捜査中であるにもかかわらず、道原と吉村がそこを訪れている。道原は言う。「私は以前から、北九州を訪ねる機会があったら、見学したいと思っていたんだ」と。

開館の直後から何度かその記念館を訪れたことがあるけれど、やはりその記憶は鮮明だ。『点と線』や『ゼロの焦点』で日本のミステリー界に新しい風をもたらし、『日本の黒い霧』で歴史の闇を明らかにし、さらには古代史に独自の視線を向けた――エベレストの山々にも比べたい松本清張山脈のすべてがその記念館には集積されているからである。一度や二度の見学では見逃してしまうことが多いに違いない。

ただ、梓氏にとっては「松本清張」という作家は特別な存在なのだ。ノベルス版の「著者のことば」にはこう書かれていた。

北九州小倉というと松本清張さんを語らずにはいられない。私は作家デビューするまでの二十年間、清張さんと深いお付き合いをしていた。清張さんがお書きになる社会の不審な出来事や、ゆがみなどを調べていた。清張さんとは数えきれないほど食事をともにしたが、小倉での思い出を語ることがたびたびあった。「おれが住んでいるころの小倉には、鉄錆色《てつさびいろ》の風が吹いていた」と語った日もあった。

その「深いお付き合い」は二〇〇三年に刊行された『霧の中の巨人―回想・私の松本清張―』（文庫版では『回想・松本清張　私だけが知る巨人の素顔』と改題）に詳しい。そこには、それまでの松本清張論では語られてこなかった、じつに興味深いエピソードがちりばめられていた。

ここで道原と吉村が「松本清張記念館」に滞在したのはほんのわずかの時間だったが、その場面に込められた作者の思いは、ある意味、本作のメインテーマと言えるかもしれない。付け加えると、道原たちが訪れた和布刈神社は、松本清張作品でもとりわけトリッキイな『時間の習俗』の舞台である。

そして「黒い霧」だ。門島由紀恵をめぐる人間関係はじつに複雑だが、それは思いもよらない犯罪へと道原伝吉を導いていく。それは現代の日本社会において幾度となく報じられている、卑劣な犯罪である。過去と現在が交錯しての不可解な事件は、松本清張作品における社会性に相通じるものがあるだろう。そしてなにより全体を貫く「情」が、道原伝吉シリーズならではの深い余韻をもたらしている。

　道原と吉村は、聞き込みのために北九州の台所とも言われている旦過市場を訪れている。かつて松本清張記念館を訪ねたときにはまったく関心がなく、訪れたかどうかも記憶にないのだが、今思えばそれは後悔するしかない。

　というのも、二〇二二年の四月、その市場が大規模な火災に見舞われてしまったからである。しかし、ここで道原とともにかつての賑わいを味わうことができるのだ。これもまた梓作品ならではの旅情であることは間違いないだろう。

　もちろん、いつもながらの人情味あふれる道原伝吉の謎解きも堪能できるに違いない。複雑な人間関係と過去の事件が、思いもよらない真相へと導いていく。この『小倉・関門海峡殺人事件』は、さまざまな「情」が絡み合ったシリーズ屈指の読み応えのある長編だ。

参考文献

『くらしのやきもの事典——昭和の名品と全国の窯場』ＭＣプレス

二〇二〇年四月　光文社刊

光文社文庫

長編推理小説
小倉《こくら》・関門《かんもん》海峡《かいきょう》殺人《さつじん》事件《じけん》
著 者　梓《あずさ》 林《りん》太《た》郎《ろう》

2022年10月20日　初版1刷発行

発行者　鈴 木 広 和
印 刷　新 藤 慶 昌 堂
製 本　榎 本 製 本

発行所　株式会社 光 文 社
〒112-8011　東京都文京区音羽1-16-6
電話 (03)5395-8149　編 集 部
8116　書籍販売部
8125　業 務 部

ISBN978-4-334-79436-1　Printed in Japan

組版　萩原印刷